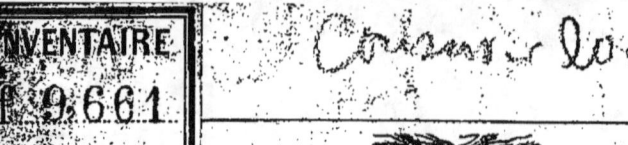

L'ÉGOISTE,

OU LES MOEURS DE 1820;

COMÉDIE EN CINQ ACTES ET EN VERS;

LE

TYRAN TYRANNISÉ,

COMÉDIE EN CINQ ACTES ET EN VERS;

PAR C.-P.-D*** DE LA BERCUEILLE,

Ou le Solitaire de l'Allier.

Prix : 2 francs.

MOULINS,

CHEZ MARTIAL PLACE, LIBRAIRE-ÉDITEUR,

RUE DES GRENOUILLES, 9.

1843.

L'ÉGOISTE,

OU LES MOEURS DE 1820;

COMÉDIE EN CINQ ACTES ET EN VERS.

1

Imp. de Martial Place.

L'ÉGOISTE,

OU LES MOEURS DE 1820 ;

COMÉDIE EN CINQ ACTES ET EN VERS ;

PAR

C.-P.-D*** DE LA BERCUEILLE,

Ou le Solitaire de l'Allier.

M. P.

Y

MOULINS,

CHEZ MARTIAL PLACE, LIBRAIRE-ÉDITEUR,

RUE DES GRENOUILLES, 9.

1843.

Avant-Propos.

L'égoïsme est le type primordial des passions du cœur humain..... Il caractérise les vices et les ridicules d'une action dramatique, puisque chaque passion est ordinairement excitée par un intérêt particulier, qui nous entraîne contrairement au bonheur d'autrui, à profiter des occasions de nous rendre la fortune plus facile.

On aime une femme charmante, on se prive de briller dans le monde ; elle est utile aux joies domestiques, on veut se la conserver.

Un homme médiocre veut occuper un place éminente, il adule des supérieurs qui valent quelquefois moins que lui ; mais leur protection lui est nécessaire pour parvenir un jour à les écraser à leur tour du poids de leur incapacité.

Ou bien on caresse de vieux parents qui ne méritent pas toujours votre estime; on sacrifie les plus beaux jours de sa vie à se les rendre favorables pour posséder une fortune. . . . . qui plus tard. . . . . vous donnera la certitude d'être également flatté.

Quoique l'égoïsme détermine un grand nombre des actions de notre vie, il est insuffisant pour composer à lui seul un caractère comique; cependant il se personnifie comme il l'a déjà fait avec un grand succès dans les caractères de l'*Avare*, des *Deux Gendres*, du *Méchant* et du *Glorieux*, chefs-d'œuvres inimitables qui resteront long-temps viables de fraîcheur et de vérité.

Conséquemment, l'*Égoïste* et le *Tyran Tyrannisé* ne sont qu'un même genre d'égoïsme dans des conditions différentes de situation sociale.

Derville, dans *les Mœurs de* 1820, sait avec retenue soumettre le développement de son égoïsme aux exigences politiques des mœurs aristocratiques de cette époque.

La position distinguée qu'il occupe dans la haute société, cette gracieuse politesse du grand monde, lui donne l'avantage de cacher sous des dehors brillants l'égoïsme de sa vie privée.

Il n'en est pas de même du *Tyran Tyrannisé* : Argant, d'un caractère irascible, circonvenu par un entourage moins favorable, soumis par habitude aux volontés de son épouse, dont il appréhende les emportements, emploie toute espèce de ruse pour augmenter sa fortune, combattre ou dominer les siens.

Dans cette situation démocratique, le *Tyran Tyrannisé*, préoccupé des petites choses de la vie, n'en pratique pas moins la théorie de l'égoïsme des *Mœurs de* 1820.

Pour le perfectionnement d'une œuvre dramatique, la représentation est absolument nécessaire et même indispensable, mais des difficultés, presque toujours insurmontables, s'opposent à la réception de ces ouvrages sur une grande scène, qui seule peut offrir à l'auteur des artistes capables de comprendre un rôle dans toutes ses nuances et son esprit. Une camaraderie, vigoureusement constituée, en intercepte l'entrée.

A la lecture, une pièce est-elle approuvée par le comité, et jugée digne d'une mise en scène, les acteurs exigent des changements si considérables, que le malheureux auteur est en quelque sorte obligé d'en composer une nouvelle.

Convaincu d'ailleurs que l'*Égoïste*, par son manque absolu d'action comique, arriverait difficilement à l'honneur d'une troisième représentation ;

Que le *Tyran Tyrannisé*, quoique possédant

beaucoup plus d'animation, serait, par le romantisme
de la nouvelle école, accusé d'être vieux en naissant;
que ces deux pièces exigeraient le secours d'un talent
supérieur pour en faire disparaître les imperfections,
j'ai voulu seulement, en leur procurant le baptême de
l'impression me satisfaire et pouvoir en offrir un exem-
plaire à mes amis, heureux si je puis captiver leur
attention et mériter leur bienveillance.

ACTEURS.

DERVILLE, banquier Égoïste.

MONDOFIER, général de l'Empire, député.

SINVAL, auditeur destitué du Conseil-d'État.

LE MARQUIS DE L'ORMONT, ultra-royaliste.

PASQUIN, valet de Sinval.

UN NOTAIRE.

Mme DE VIEUBOIS, sœur de Derville.

LUCILE, fille de Derville.

LA COMTESSE, jeune intrigante.

LA BARONNE MARTIN, femme du temps de l'Empire.

ROSETTE, suivante de Mme de Vieubois.

La scène se passe dans un des salons d'attente de l'Hôtel Derville.

L'ÉGOISTE,

OU LES MOEURS DE 1820.

ACTE PREMIER.

SCÈNE I.

Mme DE VIEUBOIS, LUCILE, ROSETTE.

MADAME DE VIEUBOIS.

Je vous l'avais prédit, Sinval est arrivé,
J'avais de son retour deux fois déjà rêvé ;
D'un songe magnétique une idée imprévue
Nous donne la clarté d'une seconde vue.
L'autre nuit j'ai rêvé que je voyais Sinval
Venir, je vous l'ai dit, sur un fort beau cheval ;
Il était blanc, je crois ; tu t'en souviens, Rosette ?

ROSETTE.

Ce qui donne nouvelle et victoire complète.
Madame, oubliez-vous les arbres du vallon ?

MADAME DE VIEUBOIS.

Non pas : arbres épais donnent protection.

LUCILE.

Votre protection est encor plus certaine.

ROSETTE.

Si vous voulez ce soir vous en donner la peine,
Votre frère, demain, signera le contrat,
Et votre bien promis finirait le débat....

MADAME DE VIEUBOIS.

La crainte de la mort quelquefois m'importune,
Je veux bien à Lucile assurer ma fortune ;
De posséder sans cesse on se fait un plaisir,
Lorsqu'on donne son bien on a plus qu'à mourir.

ROSETTE.

Une amitié sincère, exempte d'imprudence,
Réduira votre frère à votre obéissance ;
Au fond il vous redoute, apprenez-lui ce soir
Que d'asservir sa sœur il n'a plus le pouvoir.
A Sinval autrefois vous fites la promesse
De l'aimer comme un fils.

MADAME DE VIEUBOIS.

            Il aura ma nièce.
Mais Derville voudrait s'emparer de mon bien,
Faut-il lui tout donner et ne conserver rien ?

ROSETTE.

Promettez-lui toujours, et monsieur votre frère
N'aura plus une idée à la vôtre contraire.

MADAME DE VIEUBOIS.

Ce conseil ne vaut rien, tu resteras d'accord
Qu'un semblable moyen me ferait un grand tort ;

Aux cartes, je le vois, tu n'as plus confiance,
On vient à bout de tout avec la patience.
Va, mes pressentiments ne me trompent jamais,
Tu les verras unis, moi je te le promets.
Ouvrons de l'avenir le livre inexplicable,
C'est du destin des dieux l'arrêt irrévocable :
Ma nièce, coupez ; bien, c'est un as de cœur,
Le dix de pique sort, c'est un léger malheur ;
Deux treffles suivent l'as, signe de mariage,
La victoire est pour vous, le sort est juste et sage ;
Voilà quatre carreaux, grande indécision,
De la dame de pique affreuse trahison.
Cette veuve toujours, dans le jeu se présente,
Je la tiens pour coquette, et même assez méchante.
Voilà deux hommes bruns qui s'occupent de vous,
Du bonheur d'un jeune homme ils me semblent jaloux,
Et trament en silence un complot effroyable.
Triomphe de l'amour et surprise agréable,
Etoiles de l'hymen, prompte félicité,
Votre jeu, ma nièce, est plein de vérité.
          Avec un peu d'humeur.
Mais, que nous veut Pasquin ?

SCÈNE II.

Mᵐᵉ DE VIEUBOIS, LUCILE, ROSETTE, PASQUIN (sans livrée).

ROSETTE.

                    J'ai peine à le connaître,
Il est vêtu, Madame, aussi bien que son maître.

PASQUIN.

Assez d'autres sans moi se couvrent de couleurs
Qui les rendent hardis sans les rendre meilleurs.

ROSETTE (avec emphase).

Sur des bords étrangers vas-tu perdre la vie,
Dans ton voyage as-tu joué la tragédie ?

PASQUIN.

Triste réflexion.

ROSETTE.

Un homme tel que toi,
Au Théâtre Français aurait eu de l'emploi.

PASQUIN.

Dans votre appartement mon maître va se rendre,
Dans ce salon, Madame, il m'a dit de l'attendre.

MADAME DE VIEUBOIS.

Allons, chère Lucile, allons le recevoir,
D'ailleurs, vous n'êtes pas fâchés de vous revoir.
(Mme de Vieubois et Lucile s'éloignent).

SCÈNE III.

ROSETTE, PASQUIN.

PASQUIN.

Et toi ?

ROSETTE.

De ton retour je suis presque fâchée.

PASQUIN.

Ingrate, à ton amant n'es-tu plus attachée ?

ROSETTE.

Je t'aime bien encore ; j'avais pourtant promis
De mettre un jour l'Olive au rang de mes amis ;

Tu pouvais m'oublier, rester en Angleterre,
De te revoir enfin je ne comptais plus guère.

PASQUIN.

Alors, craignant un jour de rester sans amant,
Tu t'occupais ailleurs, c'est agir prudemment.

ROSETTE.

L'amour à l'espérance aisément s'abandonne.
Veux-tu me pardonner?

PASQUIN.

      Ma foi, je te pardonne
Si tu restes fidèle à d'heureuses amours,
Ne te venge jamais, je t'aimerai toujours.
De Derville, dis-moi, quel est le caractère?

ROSETTE.

Ceci, monsieur Pasquin, est une grande affaire :
Son esprit est aimable et son cœur est méchant,
Il vous parle toujours d'un visage riant;
Ne donne jamais rien et vous promet sans cesse,
L'infortune d'autrui jamais ne l'intéresse;
Du mérite opulent, se déclarant l'appui,
Prompt à vous obliger, il ne pense qu'à lui....
Sa vertu n'est au fond qu'une trompeuse amorce,
Et l'orange pressée il en jette l'écorce;
Il veut pourvoir sa fille et conserver son bien,
Il est homme à le faire et ne cédera rien;
Excepté cependant une assez vaste terre
Qu'elle a depuis deux ans hérité de sa mère.

PASQUIN.

N'avons-nous pas pour nous madame de Vieubois,
Le futur de Lucile est l'époux de son choix.
N'a-t-elle pas écrit dans sa dernière lettre
Qu'un hymen arrêté ne doit pas se remettre.

ROSETTE.

D'accord, la chère dame a rêvé de cela,
Avant d'aller si loin notre égoïste est là ;
Il veut avant sa mort saisir son héritage,
Aux termes d'un contrat finir ce mariage.
D'un bien si mal acquis, avide possesseur,
Adroitement il veut en dépouiller sa sœur,
Pour épouser ensuite une jeune intrigante,
Qui triomphe de tout et que rien n'épouvante,
Qui compte même en faire un ministre d'État
Si les biens de la sœur figurent au contrat....

PASQUIN.

Il aime donc encor cette jeune comtesse
Qui sans titre se place au rang de la noblesse ?

ROSETTE.

Tu t'étonnes de tout. Hélas! combien de gens
Sont grands près des petits et petits près des grands.

SCÈNE IV.

SINVAL, ROSETTE, PASQUIN.

SINVAL.

Ah ! Rosette, à l'instant tire-moi d'inquiétude,
Mon amour a besoin de ta sollicitude,
Si tu m'aimes encor dis-moi la vérité,
Parle-moi de Lucile avec sincérité....

ROSETTE.

Quelle fureur jalouse, et quelle impatience,
Cette erreur est permise après six mois d'absence ;
Les absents ont des torts et jamais de bonheur,
Mais Lucile vous aime et vous garde son cœur.

Entourée à Paris de jeunes fashionnables,
Elle peut les trouver quelquefois agréables ;
Ces jolis petits riens dits avec tant d'esprit,
Que l'usage vous donne et qu'on n'a point apprit,
Peuvent toucher le cœur d'une jeune innocente ;
Mais Lucile n'agit qu'en personne prudente.
Mondofier, le marquis, se disputent sa main,
L'un et l'autre, Monsieur, n'en auront jamais rien.

SINVAL.

Rosette, dis-tu vrai ? Pardonne à ma folie,
J'avais perdu l'espoir du bonheur de ma vie.

ROSETTE.

Cet espoir n'est encor qu'un bonheur à demi,
Il vous reste à combattre un moins noble ennemi.

SINVAL.

Pour obtenir sa main que faut-il que je fasse ?

ROSETTE.

Faire à monsieur Derville obtenir une place.

SINVAL.

Du pouvoir chaque jour il obtient les faveurs,
Mieux vaut l'indépendance, à quoi bon les honneurs.

ROSETTE.

Oui.

SINVAL.

J'ai peu de crédit.

ROSETTE.

Adieu le mariage.

SINVAL.

N'ai-je pas sa parole.

ROSETTE.

Il vous faut davantage.

SINVAL.

Il est homme d'honneur.

ROSETTE.

Avant vous on l'a dit,
Mais peu de gens, Monsieur, connaissent son esprit.
Dans ce qui l'environne il ne voit que lui-même,
Si tout lui vient à point aussitôt il vous aime :
Les grandeurs de la cour flattent sa vanité,
Au plus haut point peut-être il veut être porté ;
D'ailleurs sa suffisance est chose assez connue,
Mais je l'entends venir, ôtez-vous de sa vue.

SCÈNE V.

DERVILLE, LA COMTESSE, ROSETTI

DERVILLE (à la Comtesse).

Entrez dans ce salon, nous pourrons à loisir
Sur ce point important en secret discourir.
As-tu quelques papiers, Rosette, à me remettre ?

ROSETTE.

Le chasseur du marquis m'a remis cette lettre.

SCÈNE VI.

DERVILLE, LA COMTESSE.

DERVILLE (après avoir lu).

Le triomphe est certain, le ministre a promis,
M'annonce le marquis, d'obliger ses amis.

LA COMTESSE.

C'est beaucoup s'étonner d'un si léger service.

DERVILLE.

De son crédit, Madame, il fait le sacrifice.

LA COMTESSE.

Êtes-vous né d'hier, et ne savez-vous pas
Qu'on oblige des gens dont on fait peu de cas.
Je sais bien qu'à la cour il fait quelque figure,
Qu'à plus de vingt serments il s'est rendu parjure,
Qu'il vous sert aujourd'hui pour vous trahir demain,
Rend aux vieux préjugés un culte souverain.

DERVILLE.

A la place où j'aspire il n'ose point atteindre,
Madame, ainsi que lui j'ai le savoir de feindre ;
Bien reçu d'un ministre en faveur à la cour,
Il flatte, ainsi que moi, le triomphe d'un jour ;
L'espoir le rend crédule avant que d'être dupe,
En demandant pour moi de lui-même il s'occupe.

LA COMTESSE.

Comment, à votre suite il consent à marcher.

DERVILLE.

Cette affaire, aujourd'hui, ne peut plus se cacher,
Cette amitié peut-être a droit de vous surprendre,
Mais je suis sur le point de l'appeler mon gendre.

LA COMTESSE (avec surprise).

Ce peut-il ?

DERVILLE.

L'amitié ne doit jamais finir
Quand le même intérêt ne sert qu'à nous unir.

LA COMTESSE (toujours avec surprise).

Vous dites qu'il aspire à la main de Lucile ?

DERVILLE.

Madame, votre esprit ne paraît pas tranquille.

LA COMTESSE (d'un ton forcé).

Nullement, le marquis ne me fait que pitié,
Dans cette trahison je me mets de moitié.
Mais n'éprouvez-vous pas quelques peines secrètes ?
Il ne peut, m'a-t-on dit, jamais payer ses dettes.
Si des troubles publics n'augmentent pas son bien,
Trop connu pour jouir, il ne possède rien.

DERVILLE.

Je connais ses défauts, son crédit m'est utile,
Sans exiger de compte il épouse Lucile ;
Une fois parvenu, sans faire trop d'effort,
A mon tour je pourrai m'occuper de son sort.

LA COMTESSE.

Si cet hymen n'est pas une plaisanterie,
Pourquoi permettez-vous, dites-moi, je vous prie,
Qu'ils filent un amour que vous n'approuvez pas :
Sinval aime Lucile, en tous lieux suit ses pas ?

DERVILLE.

Il est bien plus facile, on a bien moins de peine
De courber le roseau que d'abattre le chêne.
L'amour dont vous parlez ne m'a jamais fait peur,
Il occupe ma fille il amuse ma sœur.
D'ailleurs, si le marquis cessait d'être docile....

LA COMTESSE.

J'entends, Sinval serait le mari de Lucile.

DERVILLE.

Il est vrai que sur lui si je jette les yeux,
Son esprit complaisant n'est point ambitieux ;
Content de sa fortune il promène sa vie
Dans les égarements de la monotonie ;
Prudent outre mesure il ne désire rien
Que de plaire à Lucile et d'épargner son bien.
Étranger aux discords de la chose publique,
Son père fut connu pendant la République ;
Au lieu de faire enfin, par mille autres fureurs,
D'un père qui n'est plus oublier les erreurs,
Il parle d'union, de charte et de justice,
Il blâme seulement quelquefois la police.

LA COMTESSE.

J'admire votre adresse, entre les deux partis
Des extrêmes côtés vos gendres sont choisis.

DERVILLE.

Quelle sévérité, quel étrange langage,
D'un rien votre vertu, maintenant prend ombrage ;
Vous-même m'avez dit, si j'ai bien retenu,
Que l'intérêt demande encor moins de vertu ;
De ne point oublier que l'égoïsme ordonne
De ne tenir à rien et de n'aimer personne ;
Que des dehors brillants sont des appas trompeurs,
Qu'il faut des malheureux laisser couler les pleurs ;
Qu'il faut, s'aidant d'autrui, si la chose accommode,
Donner à sa fortune un chemin plus commode,
Que des travers du monde il faut moins s'étonner,
Qu'à la fortune il faut savoir tout pardonner ;
Etre avare d'écrits, prodigue de paroles :
Que les hommes sont faux, que les femmes sont folles.

LA COMTESSE.

Cessez ce dur langage, entre de vieux amis,
Vous ne l'ignorez pas, les conseils sont permis ;
En inutiles riens le temps ici se passe,
Si le noble marquis veut vous donner sa place
Mondofier m'a promis de s'occuper de vous,
Même ici je l'attends, vous n'êtes pas jaloux.

DERVILLE.

Quoi ! vous voyez toujours un si sot personnage
Qui vanté à qui l'entend son rang et son courage ;
Osez-vous à la cour vous montrer avec lui ?
Son amitié n'est plus admissible aujourd'hui ;
Qu'il conserve son rang, garde même une épée
Du sang de nos amis encor toute trempée ;
Car nos jours de victoire ont changé son état,
Il était fils, je crois, d'un petit avocat ;
Sa noblesse d'un jour aujourd'hui vous assomme,
Enfin, ses trahisons en ont fait un grand homme ;
Vous-même l'avez dit, et j'ai cru qu'à la cour
Il n'osait point encor se montrer au grand jour.

LA COMTESSE.

Il n'est pas sans crédit, détrompez-vous, Derville,
Ses amis sont nombreux à la cour, à la ville ;
De vous il compte faire un conseiller d'état.

DERVILLE.

Pour l'estimer après il ferait un ingrat.

LA COMTESSE.

Il faut vous en servir, votre intérêt l'exige,
L'amitié de tels gens quelquefois désoblige ;
Je le sais. Dussiez-vous éprouver des refus,
Une fois obligé vous ne le verrez plus....

DERVILLE.

C'est enfin se montrer l'ami de sa personne.

LA COMTESSE.

On est toujours l'ami de celui qui nous donne;
On entre, c'est lui-même, et sans autres discours....

DERVILLE.

Chez moi je suis honnête et je préviens toujours....,

SCÈNE VII.

DERVILLE, LA COMTESSE, MONDOFIER.

DERVILLE.

Monsieur, bien à propos votre sollicitude
Vous fait rompre l'ennui de notre solitude.

LA COMTESSE.

Vous, favori des grands, vous si bien reçu d'eux,
Un brave tel que vous mérite des aïeux ;
Chaque jour dans le monde on cite vos conquêtes,
Jamais, sans Mondofier, on ne donne de fêtes.
Au bal de la baronne étiez-vous invité ?

(Derville approche un fauteuil).

MONDOFIER (s'asseyant).

Une heure tout au plus je crois j'y suis resté ;
C'était plaisant de voir le bizarre assemblage
De gens si dépourvus de mœurs, d'esprit, d'usage ;
Tout ce qui n'ose plus maintenant se montrer
Hier, dans son salon, pouvait se rencontrer.

LA COMTESSE.

D'amitié comme vous cette femme m'accable,
Lorsque je suis entrée, on se mettait à table :

Elle accourt aussitôt, traverse tous les rangs,
Et me force à rougir de ses embrassements ;
Devant deux cents témoins m'appelle son amie,
Va choisir au milieu de cette compagnie ;
Je crois qu'un général va me donner la main,
Qui me conduit à table est un homme de rien.

MONDOFIER.

Voilà bien de ses tours, sa malice est complète.

LA COMTESSE.

Sur un vieux piédestal elle trône en coquette.

MONDOFIER.

De sa vogue.....

LA COMTESSE.

Vos yeux sont peut-être étonnés ,
On l'obtient en donnant de beaux et bons dîners ;
Où ne s'assemblent pas des amis véritables
Peu de gens sont sensés, moins encor sont aimables.
Une excellente table, un salon bien brillant,
Vous donne de l'esprit, des graces, du talent ;
Il n'est sorte de gens que partout on encence,
Dont les vices du cœur égalent la naissance.
Devant eux quelquefois se tait la vérité,
On les aime, il faut bien un peu d'humanité....

MONDOFIER.

Je pense comme vous, peu de chose m'attriste,
C'est pour mes intérêts si je suis égoïste ;
Je n'approfondis pas les sentiments du cœur,
L'homme le plus obscur sert à notre bonheur.

Ce retour incessant des besoins de la vie
N'empêche point parfois qu'il faut qu'on se méfie
De l'ami le plus cher ; un rien nous désunit,
Car l'amitié s'arrête où l'intérêt finit.
    A Derville.
A la cour aujourd'hui pour vous je sollicite
Une place qui peut vous donner du mérite,
Si toutefois, Monsieur, vous en aviez besoin ;
Mais on arrive encor aux honneurs de plus loin ;
Une protection n'est jamais inutile,
La faveur rend encor le bon droit plus facile.

DERVILLE.

Vous m'estimez, Monsieur, et m'élevez bien haut.
Je crains de n'avoir pas le talent qu'il me faut.
Diplomate ignoré, mon obscure existence
A besoin de l'appui de votre bienveillance,
Et ce poste où j'aspire est partout si vanté,
Que l'on descend bien bas pour être trop monté.

MONDOFIER.

Monsieur, la modestie est la vertu du sage,
Faut-il tant de talent pour être un personnage ;
Que d'hommes nous voyons placés aux premiers rangs
Dont le savoir consiste à porter des rubans ;
D'ailleurs l'ambition est un champ sans limite,
On pousse son voisin pour arriver plus vite ;
Moi, je ne prétends pas obliger à demi,
En vous je suis flatté de me faire un ami ;
Je ne le cache pas, votre amitié m'est chère,
Vous êtes digne un jour d'être du ministère.

LA COMTESSE.

Comptez sur sa parole, il m'a donné sa foi,
Un Français aime autant sa dame que son roi ;

Partons, l'heure nous presse. une foule importune
Va remplir les bureaux, courir à la fortune ;
Au premier ministère il faut nous présenter,
Et vainqueur des jaloux ne plus solliciter.

      (Elle donne la main à Mondofier, et son autre
        main à baiser à Derville).

FIN DU PREMIER ACTE.

DEUXIÈME ACTE.

SCÈNE I.

DERVILLE, Mme DE VIEUBOIS.

MADAME DE VIEUBOIS.

Mon frère, je vous aime, et veuillez je vous prie
Tenir votre parole ou bien je me marie,
Mes amis les plus chers m'en donnent le conseil,
Riez, j'ai de l'argent, c'est le point essentiel ;
A quoi sert dans le monde une illustre origine ?
Une vertu sévère, une beauté divine ?
Les graces de l'esprit, même encor les talents
Ne valent pas toujours cent mille écus comptants
J'aime beaucoup Sinval, en lui tout m'intéresse,
Ne me ravissez pas l'appui de ma vieillesse :
Pourquoi retardez-vous cette heureuse union,
Unique et seul plaisir de mon ambition ?

DERVILLE.

Moins de dépit, ma sœur, le désir de vous plaire
Fut la loi que toujours s'imposa votre frère,
Et maîtresse chez moi, tout ce qui m'obéi
Respecte vos vertus, comme moi vous chéri.
De vous déplaire en rien, loin de moi la pensée,
Cependant contre moi vous êtes offensée.
Ma sœur, lorsqu'il m'arrive un très léger malheur,
En vous j'ai confiance et vous ouvre mon cœur.
Bonne sœur, vous m'aimez presque autant que ma fille,
Vous fûtes en tous temps l'appui de la famille ;
Que des tristes humains le sort est rigoureux,
Il faut vous l'avouer, je ne suis pas heureux..,.

MADAME DE VIEUBOIS.

Quel malheur vous poursuit, dites-le moi mon frère,
Même auriez-vous besoin de ma fortune entière ;
Dites que l'amitié n'offre plus de secours
Si d'un sort ennemi je ne trompe le cours.

DERVILLE.

Vous possédez, ma sœur, toute ma confiance,
Cependant sur un point j'ai quelque méfiance,
Entraîné par le cours de mille événements
Je suis presque forcé d'oublier mes serments.
Le marquis de l'Ormont aime notre famille,
Je l'avais cependant prévenu que ma fille
        Il lui baise la main.
Dépendait, chère sœur, moins de moi que de vous,
Que vous aviez le droit de choisir son époux.
N'êtes-vous pas pour elle une seconde mère !
Il a tout entrepris dans l'espoir de lui plaire,
Cet amour m'inquiète et ne me déplaît pas,
Voilà ce qui me met si fort dans l'embarras.
        Avec confiance.
A la cour il apprend qu'une place importante
Dans la liste civile aujourd'hui se présente ;
Cette place, qui donne un immense crédit,
Demande un financier, veut un homme d'esprit.
On lui dit que pour moi vingt amis sollicitent,
Mais que vingt candidats mieux que moi la méritent ;
Il va voir mes amis, il les traite d'ingrats,
L'esprit est d'en donner à ceux qui n'en ont pas ;
Enfin, pour me servir tout est mis en usage,
Pour lui-même il n'eut pas fait je crois davantage.
Au ministre il demande un entretien secret,
Me nomme, sollicite, et lui dit son projet.
Le ministre fâché montre de la surprise,
A la sœur d'un prélat la place était promise ;

Cependant il lui dit : je veux m'en rappeler.
Au prince le jour même il promet d'en parler ;
Le marquis est habile, et malgré sa jeunesse
Dans une affaire il mêle infiniment d'adresse ;
Il ne perd pas de temps, visite ses amis,
Sollicite les grands, fait mouvoir les petits ;
Va de suite à la cour, au prince se présente,
Le prince l'aperçoit, sa figure est riante ;
La bonté de son cœur est peinte sur ses traits,
On peut ne plus le voir, mais l'oublier, jamais.
Je voulais, lui dit-il vous donner une place,
Vous ne demandez rien, que faut-il que je fasse ?
Mais puisque votre ami mérite cet honneur,
Partager sa fortune est le même bonheur.
Ce triomphe est flatteur, cependant il me fâche....

MADAME DE VIEUBOIS (avec étonnement).

Le devoir à ce poste aujourd'hui vous attache ;
Le roi vous a nommé....

DERVILLE.

Jamais plus d'opulence
Ne pouvait illustrer une obscure naissance.

MADAME DE VIEUBOIS (toujours avec étonnement).

Le roi vous a nommé....

DERVILLE.

Je vais donc à mon tour
Protéger mes amis et paraître à la cour.

MADAME DE VIEUBOIS (toujours absorbée).

Dans les cartes hier j'ai fait une méprise,
Jupiter protecteur était dans la surprise.
Le roi vous a nommé....

DERVILLE.

Le marquis veut vous voir,
D'être aimé de sa tante est son premier devoir.
(Ouvrant la porte d'un cabinet).

SCÈNE II.

DERVILLE, Mme DE VIEUBOIS, LE MARQUIS.

DERVILLE.

Entrez, mon cher marquis.

MADAME DE VIEUBOIS.

Mais attendez, mon frère.

LE MARQUIS.

Madame, à mon amour ne soyez pas contraire,
Derville est mon ami, que des nœuds plus sacrés
Soient encor par l'hymen entre nous assurés.
De mes biens il me reste une illustre misère,
Je dispute au malheur un petit coin de terre.

MADAME DE VIEUBOIS.

J'ai depuis bien long-temps estimé la vertu,
Et mon respect, Monsieur, aujourd'hui vous est dû ;
Si je n'objecte rien, à rien je ne m'oblige,
De l'avenir jamais mon esprit ne s'afflige ;
L'égalité des rangs, des procédés flatteurs,
Unissent les époux et séduisent les cœurs ;
Le mérite éclatant que donne la naissance
Soumet les inférieurs à trop d'obéissance ;
Je voudrais pour le bien d'un établissement
Avec moins de grandeur, plus de contentement.

LE MARQUIS.

J'aurais sans le vouloir le malheur de déplaire.

MADAME DE VIEUBOIS (saluant le marquis).

Je respecte, Monsieur, les volontés d'un père.

SCÈNE III.

DERVILLE, LE MARQUIS.

LE MARQUIS.

De ce refus d'abord il faut s'accommoder.

DERVILLE.

Il me reste l'honneur de la faire céder ;
Je connais comme vous la magique influence
Qui fait soumettre un cœur à notre obéissance ;
Ma sœur va de ce pas, les cartes à la main,
Interroger le ciel, consulter le destin ;
De l'impressionner est bien moins difficile
Que de vous faire aimer ou de plaire à Lucile....
Depuis plus de six ans elle aime son cousin,
De les unir j'avais autrefois le dessein,
Mais Sinval me déplaît, j'ai changé de pensée,
Son état est perdu, sa faveur est passée.
Descendu de trop haut dans un monde ignoré,
Du parti qui triomphe il s'est trop retiré.. .
Il ne sait pas qu'il faut se rendre nécessaire,
Vaincre un monde méchant, ne jamais lui déplaire ;
Il écrit assez bien, mais je ne sais pourquoi
Il ne fait que blâmer chaque projet de loi.

LE MARQUIS.

C'est un de ces esprits, censeur infatigable,
Qui rêve la grandeur d'un pouvoir introuvable,

N'écrivant chaque jour que pour le menacer,
Au temps seul appartient le droit de les lasser.
Lucile pourrait bien tromper votre espérance,
L'amour n'a jamais trop manqué d'expérience ;
Le retour de Sinval devient un embarras,
Le cœur veut se donner, mais il ne se vend pas.

DERVILLE.

Un chagrin passager, des soupirs ou des larmes
Sont passe-temps d'amour, de la vertu des femmes ;
Je veux agir en père et parler en ami,
Mon pouvoir sur ma fille est d'ailleurs affermi.

SCÈNE IV.

DERVILLE, LE MARQUIS, ROSETTE.

DERVILLE.

Rosette, écoute-moi : si tu te rends docile,
Si tu peux faire aimer le marquis de Lucile,
d'obtenir une dot serait un moyen sûr.

ROSETTE.

Assurez le présent, j'aurai bien le futur ;
Que me demandez-vous ?

DERVILLE.

Un peu de complaisance.

ROSETTE.

D'employer mon crédit à trahir l'innocence,
C'est déjà presque fait ; en toute occasion
Je parle de Monsieur et fait valoir son nom.

LE MARQUIS.

Je te crois. Cependant quelquefois on m'évite,
A peine ai-je paru que de suite on me quitte.

ROSETTE.

Mais on laisse après soi, même après qu'on a fui,
Certain je ne sais quoi qui vous charme et séduit.
On ne saurait aimer avec indifférence,
L'amant qui fait d'amour rougir en sa présence.

DERVILLE.

De ce commencement je suis vraiment charmé.

ROSETTE.

Quand on est sûr de plaire on est bien vite aimé;
J'ai même, en excitant un peu de jalousie,
D'épouser le marquis donné presque l'envie.

DERVILLE.

Qu'as-tu fait pour cela?

ROSETTE.

Devinez; presque rien.
Chaque jour de Monsieur je n'ai pas dit du bien.

DERVILLE.

Tu travaillais à point.

ROSETTE.

Avec la médisance
Point d'asile ne reste aux pleurs de l'innocence.
J'ai bien certain projet qui vaudrait mieux encor.

DERVILLE (au marquis).

L'esprit de cette fille est vraiment un trésor.

3

ROSETTE (au marquis).

Si vous désirez plaire à ma jeune maîtresse,
Essayez de vous faire aimer de la comtesse.
        A Derville.
Votre fille est jalouse, et je connais son cœur;
Vous ne m'écoutez pas, auriez-vous déjà peur?

DERVILLE.

Cette épreuve n'est pas je crois bien nécessaire,
Pourquoi s'environner d'un si profond mystère;
Sans faire un long détour on chasse quelquefois
Sans même le vouloir deux lièvres à la fois.

ROSETTE.

Avec beaucoup d'amour promptement on oublie
L'amant qui ne sait pas donner de jalousie.

DERVILLE.

Ceci demande encore un moment d'entretien.

ROSETTE.

Monsieur, voici Sinval.

DERVILLE.

        Tais-toi.

ROSETTE.

                        Je ne dis rien....

SCÈNE V.

DERVILLE, LE MARQUIS, SINVAL, ROSETTE.

SINVAL.

Depuis plus de deux jours de retour à la ville,
Chez lui je cherche en vain le père de Lucile;

Il m'évite ou me fuit, je crains en vérité
De ne plus retrouver l'ami que j'ai quitté.

DERVILLE (en lui serrant la main).

Vous n'avez rien perdu, ce vieux ami vous aime,
Rien n'a changé mon cœur, il est toujours le même ;
A Monsieur je disais, en m'occupant de vous,
Qu'avec beaucoup d'esprit, un caractère doux,
Un mérite assuré, quand à rien ne s'oppose,
Vous ne profitez pas d'être un jour quelque chose
Dans ce monde brillant où chacun est lancé ;
Le vrai savoir de l'homme est d'être bien placé,
Autrement dans l'oubli chacun vous précipite,
Si pour soi-même on a que son propre mérite ;
En cessant d'être utile on ne nous aime pas,
Plus de rose ne vient s'effeuiller sur nos pas.

SINVAL.

Moi, mes antécédents m'ont assez fait connaître,
J'ai servi mon pays sans honorer un maître ;
En faveur du pouvoir, jamais l'ambition
Ne m'a prêté sa voix, ni fait rougir mon front.

LE MARQUIS.

Regrettez-vous le temps d'un prestige de gloire ?

SINVAL.

Ce temps est loin de nous, on en perd la mémoire,
Où j'ai vu bien des gens d'honneurs environnés,
De servir le pouvoir n'être point étonnés.

LE MARQUIS.

Les Français ont lassé la victoire à les suivre,
De trop de liberté le destin nous fait vivre,
La vérité s'égare, ose tout publier.

SINVAL (interrompant le marquis).

La liberté nous reste et fait tout oublier.
Laissons-là du passé le souvenir funeste,
Profitons mieux d'un temps dont la gloire nous reste,
Un roi juste, clément, n'a pas brisé nos droits,
Il règne avec prudence et respecte les lois ;
L'homme profite en paix, d'un travail sans entrave,
Pour écrire et penser l'esprit n'est plus esclave ;
L'homme, de son état, peut sortir aujourd'hui,
Maître dans sa maison rien ne parle avant lui.

DERVILLE.

Voilà les contes bleus de tous vos philosophes ;
Sans parler de victoire ou de nos catastrophes,
Mon esprit plus discret, instruit de son besoin,
Le budget accordé, ne demande plus rien.
Personne n'est prudent, un esprit de vertige
Pousse chaque orateur à se croire un prodige ;
Pour les mettre d'accords, on devrait une fois
Faire un auto-da-fé de nos vingt mille lois.
Inoccupés d'abord des besoins de la France,
L'un veut la liberté, l'autre moins de licence ;
L'ultra qui suit de loin, d'un pas irrésolu
Le char demi-brisé du pouvoir absolu
Veut ôter du forum la tribune publique,
Vient nous crier au feu contre la République,
Veut faire entrer l'ancien dans un monde nouveau,
Met l'autel sur le trône et la charte au tombeau.
Moi, je veux pour ma fille un mari raisonnable
Qui profite des biens d'une place honorable,
Qui sache, en répondant à nos dissertateurs,
Marcher toujours suivi de vingt solliciteurs ;
Tenez-le bien pour dit, devrais-je vous déplaire,
Un gendre inoccupé ne fait pas mon affaire.

SCÈNE VI.

SINVAL, ROSETTE.

ROSETTE.

Je vous l'ai dit. Eh bien ! vous ne répondez pas.

SINVAL.

Je ne sais trop comment me tirer d'embarras.

ROSETTE.

Ceci vous est facile : au refus qu'il oppose
Acceptez sans tarder l'emploi qu'on vous propose.

SINVAL.

Quoi ! quitter mon pays.

ROSETTE.

          On peut vivre en tous lieux,
Contentement d'esprit sert à nous rendre heureux.
Je ne vois pas toujours mon Pasquin ou l'Olive,
Je n'en suis pas pour ça plus dolente ou moins vive.

SINVAL.

Le désir de bien faire et des soins vigilants
Ne servent pas toujours d'esprit et de talents :
De la faveur des grands quelquefois on est dupe.

ROSETTE.

Permettez seulement que de vous on s'occupe.

SINVAL.

Moins pour faire ma cour que pour le visiter,
Je veux bien au ministre encor me présenter.

FIN DU DEUXIÈME ACTE.

TROISIÈME ACTE.

SCÈNE I.

LA COMTESSE, LE MARQUIS.

LA COMTESSE.

Ai-je perdu mes droits à votre confiance,
Les amants malheureux n'aiment pas le silence ;
De troubler vos amours est-ce un malin vouloir,
Je veux toujours vous plaire ou ne veux rien avoir ;
C'est peut-être, Marquis, demander l'impossible,
Tel est le sentiment d'une femme sensible.
Approchez ce fauteuil et je vas visiter
Si personne ne peut ici nous écouter.
Nous sommes seuls, l'instant me paraît favorable,
Marquis, vous êtes jeune, et surtout fort aimable,
Volage adorateur des beautés de la cour,
Vous aimez promptement, mais vous n'aimez qu'un jour ;
Est-ce à moi, jeune encore, à tenir ce langage,
On veut presque toujours être aimé sans partage.

LE MARQUIS.

Madame, vous pensez....

LA COMTESSE.

                    Ne m'interrompez pas,
L'espoir de plaire encore ne m'abandonne pas ;
Je ne reproche rien, je veux de la franchise,
Mais vous faites un choix que le monde méprise ;
Beaucoup de gaucherie, un esprit innocent,
Une simple fraîcheur, sans aucun agrément ;

A seize ans la vertu n'est jamais difficile,
C'est triompher de rien que de plaire à Lucile....

LE MARQUIS.

Madame....

LA COMTESSE.

N'est-ce pas , vous êtes interdit,
En termes assez clairs Derville me l'a dit.
Espérance trompeuse, amour plein d'innocence,
Devenez son époux, mais voici ma vengeance :
Derville, chaque jour, sollicite ma main,
Je remets cet honneur du jour au lendemain ;
De sa sœur il espère obtenir la fortune,
Je n'ai pas de maison, la sienne m'en donne une ;
Dans la haute finance il tient le premier rang,
Et vous prête des fonds que jamais on ne rend ;
De notre opinion il soutient la puissance,
Contre ses intérêts agit sans défiance ;
La vanité l'emporte, il ne calcule pas
Que la nécessité nous rend souvent ingrats.
Derville veut bientôt m'appeler son épouse,
Mais d'un si grand honneur me croyez-vous jalouse,
L'élever jusqu'à moi, m'abaisser jusqu'à lui
Sans faire mon malheur m'e cause de l'ennui ;
Cependant, grace à vous je suis presque forcée
De contraindre mes goûts, d'expliquer ma pensée :
Ce mariage en rien ne peut flatter mon cœur,
Ma naissance d'abord. C'est peut-être une erreur,
Mais tout cède à l'orgueil, et sans l'éclat d'un titre,
On approche en tremblant le salon d'un ministre.
L'honnête homme qui croit s'en affranchir d'abord,
Vient baisser pavillon sous la loi du plus fort.

LE MARQUIS.

Avec vous je le vois, la feinte est inutile,
Je lui donnais mon nom.

LA COMTESSE.

Il vous donnait Lucile.

LE MARQUIS.

Je perdais peu de chose.

LA COMTESSE.

Et vos protections
Auraient servi plus tard à ses prétentions.

LE MARQUIS.

La place qu'il demande, il est vrai, m'est promise.

LA COMTESSE.

C'était, de le pousser, une grande entreprise.
Son nom est trop obscur, sans illustration :
Il approuve en secret la révolution.
Au triomphe impuissant d'une force naissante,
Accorder ou promettre est chose différente ;
On a besoin d'amis, au Marquis comme à moi
A d'autres après nous on promet même emploi ;
Enfin, voici le plan que je me suis tracée,
Plan qui depuis deux jours occupe ma pensée :
Si de vous cet hymen n'est pas contrarié
Donnons à Mondofier l'espoir d'être marié ;
Qu'il vous donne l'emploi qu'il promet à Derville,
Nous tromperons le père et marirons Lucile....
Mieux vaut trahir la foi de ses premiers serments
Que d'être un point de mire accessible aux méchants ;
Les humains ont entre eux tant de similitude
Que les vices du cœur sont péchés d'habitude ;
La suite me regarde, et je ne prétends pas
De mon abaissement amuser des ingrats ;
Sans fortune assurée, égaré dans le monde,
Votre rang vous protége et l'amour vous seconde.

Vous devez me comprendre, et sans aller plus loin
Si Lucile consent à vous donner sa main
Pour me venger de vous j'épouserai son père,
Je vous offre la paix, acceptez-vous la guerre,
N'aimez-vous que l'amour couronné de lauriers ?

LE MARQUIS.

Vos projets ne sont plus par les miens contrariés.
Aux pieds de la beauté....

LA COMTESSE (ironiquement).

Vous déposez les armes.

LE MARQUIS (lui baise la main).

De beaux yeux ne devraient jamais verser de larmes.

LA COMTESSE.

Marquis, moins de prudence et plus de vérité,
J'aimerais mieux encor moins d'infidélité ;
Nous nous connaissons trop pour nous tromper encore,
Je veux bien être aimée et non pas qu'on m'adore,
L'amour le moins heureux flatte la vanité,
Au point où je m'arrête il me faut un traité ;
Ecrivez à Derville une lettre polie.

LE MARQUIS.

Plus de haine entre nous, je me réconcilie ;
De trop d'ingratitude on pourra m'accuser.

LA COMTESSE.

De ces petites gens ce n'est que s'amuser ;
D'ailleurs, quand on occupe une place éminente
La voix de l'opprimé cesse d'être puissante :
Ecrivez cette lettre et ne m'observez rien.

LE MARQUIS.

Vous l'exigez, Madame ; allons, je le veux bien.

LA COMTESSE (dicte au Marquis).

« Monsieur,

» A l'instant je viens d'apprendre que mon oncle le
» Commandeur veut autrement disposer de mon sort ;
» je serais sérieusement contrarié si cette circonstance
» me forçait plus tard de manquer à ma parole.

» Le marquis de L'ORMONT. »

Mettez un peu plus bas : Je pars aujourd'hui même.
Voilà, mon cher Marquis, prouver comment on aime.

LE MARQUIS.

Oui, mais noblesse oblige à plus de bonne foi.

LA COMTESSE (sonne).

Le droit moins que la forme interprète la loi.

SCÈNE II.

LA COMTESSE, LE MARQUIS, ROSETTE.

LA COMTESSE (donne la lettre à Rosette).

Rosette, à l'instant même et sans aucun mystère
Sois du noble marquis la preste messagère ;
N'attends pas qu'un hasard vienne te révéler
Que c'est toujours prudent de ne pas trop parler ;
A me trahir de loin sois plus indifférente,
Pour me venger tu sais que je suis complaisante.

SCÈNE III.

ROSETTE (après avoir lu l'adresse).

Oui, je vous servirai sans même m'affliger,
Je voudrais de l'hôtel vous faire déloger ;
La raison au galop s'esquive de nos têtes.
Les esprits les plus forts sont quelquefois bien bêtes.
　　　　Avec réflexion.
Ceci cache un mystère utile à découvrir,
Une lettre d'ailleurs se lit bien sans l'ouvrir ;
Dans le cabinet noir la vérité succombe,
La trahison s'échappe à pas lents de la tombe.
　　　　Après avoir lu.
Mariage rompu, départ précipité,
Avec fort peu d'égard votre honneur est traité ;
Dans les apprêts obscurs d'un bourgeois mariage
Madame se conserve un amant pour otage ;
Sans trop de politesse on vous a dit bonsoir,
On ne voit pas bien clair quand on croit y bien voir.
J'entends monsieur Derville, il faut que je conserve
D'un modeste maintient la prudente réserve.

SCÈNE IV.

DERVILLE, ROSETTE.

ROSETTE.

La Comtesse m'envoie à pas précipités
Vous porter du Marquis les humbles volontés.
　　　　Pendant que Derville lit la lettre.
La Comtesse qui veut mériter votre hommage,
　　　　Avec méchanceté, par interruption.
Cependant à rougir montre peu de courage ;
Sa satisfaction se laissait entrevoir....
　　　　Après une pose.
D'un autre sentiment j'ai cru m'apercevoir ;

Un illustre projet occupait sa pensée,
Avec mystère.
Par la main du Marquis sa main était pressée.
Ils paraissaient, Monsieur, se concerter entre eux,
Ils ne se parlaient pas, mais se suivaient des yeux.

DERVILLE (l'esprit préoccupé).

L'esprit d'autrui finit par devenir le nôtre,
Un ami qui vous fuit en fait trouver un autre.

ROSETTE (bas, à part).

Le trait porte si loin qu'il ne s'aperçoit pas
De l'abîme qu'il vient de creuser sous ses pas.

DERVILLE (tristement).

Voilà de l'amitié la ressource ordinaire.
Avec vivacité, à Rosette.
Mais toi, dont la Comtesse a fait sa messagère,
Sans espérer beaucoup de ta discrétion
Observe ta gouverne, écoute ta leçon :
Sans trop t'abandonner à la nécromancie
Ne fais avec ma sœur que de blanche magie ;
A Lucile dis moins que je blâme son choix,
Du noble Mondofier parle-lui quelquefois.
Les erreurs du Marquis te sont trop manifestes,
Ne le fais plus sortir du fond des oubliettes.
Tu peux te retirer, mes ordres sont donnés.
Primo mihi, ma chère, ils sont subordonnés.

SCÈNE V.

DERVILLE (relisant la lettre du marquis.)

C'est assez bien coupé, madame la comtesse ;
A coudre pourrez-vous montrer autant d'adresse.
Jadis certain argent, adroitement prêté,
M'a vendu les beaux jours de votre liberté ;

Ne vous abusez pas , vous serez la première ,
Si je le veux encore , à chercher à me plaire.
Marquis , mal à propos vous me donnez congé ,
Sans trop le croire encor, vous m'avez obligé.
Lucile aurait servi d'otage au sacrifice ,
Mondofier mieux que vous peut me rendre service ;
La comtesse me semble être moins en faveur ,
Sans peine je commence à connaître son cœur.
Jamais dans ses filets l'intrigue ne m'attrape.
Malheur, malheur à vous, si mon espoir m'échappe.

       Avec réflexion.

De marier Lucile est le meilleur moyen ;
Sinval peut m'être utile et me servira bien.
Son incapacité sous ma main se présente .
Ma sœur fera les frais d'un hymen qui l'enchante.
L'intrigue qui manœuvre avec dextérité ,
Jette un cercle de fer sur la majorité.
La baronne Martin vient faire ici visite ,
Observons de plus loin qui me prend ou me quitte.

SCÈNE VI.

LA BARONNE MARTIN , MONDOFIER.

LA BARONNE MARTIN.

Oui , mon cher Mondofier, je vous trouve à propos,
Viendrais-je sans motif troubler votre repos ;
Pour être des on dit l'interprète sinistre ,
Je tiens tout ce récit des amis du ministre,
Derville veut se faire appeler au conseil ,
Mais du serpent qui dort prévenez le réveil ;
Il vous promet sa fille , et semblable promesse
Est donnée au marquis, l'amant de la comtesse.
De rien dissimuler il n'aura pas l'ennui ,
Si le jeune Sinval veut intriguer pour lui.
Il n'en a pas l'esprit, mais il aime Lucile.
Comme l'amour nous rend toute chose facile,

Pour mériter l'honneur de plaire à de beaux yeux,
Avec moins d'avantage on serait généreux.
Alors soyez certain qu'en père de famille
A Sinval aussitôt il mariera sa fille,
Dans l'espoir de s'en faire à lui-même un appui
Pour obtenir plus tard ce qu'il perd aujourd'hui.
Il ira vers des gens qui n'ont pas de mémoire,
De ses antécédents faire oublier l'histoire.

MONDOFIER.

Pourrait-il à ce point manquer de bonne foi.

LA BARONNE.

J'aime à laisser parler tout le monde avant moi,
D'autant de fausseté me croyez-vous capable?

MONDOFIER.

Avec grace on médit, sans cesser d'être aimable,
Ce défaut perd le cœur des plus honnêtes gens,
Et se complaire au mal est l'esprit des méchants.

LA BARONNE.

Ce doute est impoli, ce soupçon une offense;
Sans pitié vous blessez la vertu sans défense :
L'amour, depuis long-temps, n'agite plus mon cœur,
L'ami, plus que l'amant, suffit à mon bonheur.

MONDOFIER.

L'esprit doit profiter avec plus d'avantage
Des biens que la nature a mis à notre usage.
On est encore jeune à l'âge de trente ans,
L'été donne des fleurs ainsi que le printemps;
Voulez-vous bien m'apprendre et me faire connaître
Ce monsieur de Sinval que l'amour a fait naître.

LA BARONNE.

Je connais peu Sinval, dans beaucoup de salons
On cite ses écrits et ses opinions ;
On vante son esprit, ses projets politiques ;
Caustique champion des débats polémiques,
Il devient chaque jour l'oracle des journaux ;
Sans couleur apparente il suit plusieurs drapeaux.

MONDOFIER.

Un esprit vaporeux, fort de sa renommée,
Vu souvent de trop près se dissipe en fumée.

LA BARONNE.

Pour Derville, mon cher, ne sollicitez plus ,
C'est perdre votre temps à des soins superflus ;
Laissez-là, croyez-moi, ce meuble d'antichambre ;
Se plaindre de la cour, crier contre la chambre
Qui demande au pouvoir de vouloir l'employer,
Et se vend corps et bien à qui veut le payer.

MONDOFIER.

Assez adroitement l'intrigue était ourdie,
Je trouvais, il est vrai, Lucile assez jolie ;
La comtesse assurait avec sincérité
Que de cette union son père était flatté ;
Que ma position n'était pas difficile ,
Que je devais de suite en parler à Lucile ;
Mais partout, je le vois, on dira chaque jour
Que j'amuse les gens d'eau bénite de cour.

LA BARONNE.

Dans un cercle, il est vrai, perdu dans la cohue,
Il ne saurait jamais s'ôter de votre vue ,
D'aller à sa rencontre on n'a jamais besoin ,
Il ne vous parle pas qu'il s'incline de loin.

Partout il vous connaît, le premier vous fait fête ;
Toujours on l'aperçoit, même en tournant la tête.

MONDOFIER.

La comtesse cherchait, l'espoir était charmant,
S'assurer de Derville et placer son amant ;
Le nom de Mondofier est assez honorable,
Pour ne pas se mêler d'une intrigue coupable ;
J'aime à servir les miens, mais j'apprends à regret
Qu'il faut à bien des gens prendre moins d'intérêt,

LA BARONNE (d'un ton sententieux).

L'intrigue sur ses pas déroule un voile sombre,
Elle évite le jour, ne marche que dans l'ombre.
Un courage plus fort serait même vaincu ;
Il n'est pas de bonheur sans un peu de vertu.

MONDOFIER (lui serrant la main).

Baronne, écoutez-moi ; c'est peut-être trop vite
Déclarer un amour que mon cœur sollicite.
Du monde qui me fuit je m'échappe à pas lents ;
J'ai depuis quelques mois compté mes cinquante ans.
Je pouvais de l'empire accepter la richesse,
Mon rang fut mon ouvrage et mon sang ma noblesse.
De ce temps glorieux dont je fus si jaloux,
Je veux tout oublier et n'aimer plus que vous.
Le sage, loin du bruit, sans risquer davantage,
Veut au coin de son feu faire un dernier voyage.

LA BARONNE (tendrement).

Je croyais Mondofier ne plus jamais charmer,
Mais c'est plus triste encor de ne plus rien aimer

4

MONDOFIER.

Notre âge a des rapports, notre rang est le même.

LA BARONNE.

Nous n'avons point d'enfants, personne ne nous aime,

MONDOFIER (lui baisant la main).

Ls jour est sans plaisir, tristement on s'endort.
Bas, à part.
C'est une bonne femme.

LA BARONNE (à part).

Il me conviendrait fort.

MONDOFIER.

Avez-vous des ennuis, un ami les partage.

LA BARONNE.

A vieillir doucement l'un et l'autre on s'engage.

MONDOFIER (bas, à part).

Avec économie elle tient sa maison.

LA BARONNE (bas, à part).

Avec feu mon baron j'avais toujours raison.

MONDOFIER (bas, à part).

Aux ordres du mari la femme est complaisante.

LA BARONNE (bas, à part).

L'époux se tait d'abord si la femme est contente.

(Rosette s'avance dans le fond du théâtre).

SCÈNE VII.

LA BARONNE MARTIN, MONDOFIER,
ROSETTE.

LA BARONNE (d'un ton aigre).

Enfin, pour m'annoncer n'est-il personne ici ?

ROSETTE.

La comtesse est absente et ma maîtresse aussi,
Lucile est au salon; la pauvre demoiselle
Assez isolément reste toujours chez elle.

LA BARONNE (d'un ton plus doux).

Rosette, écoute ici.

ROSETTE (saluant la baronne).

Je ne puis vous parler,
Dans l'antichambre on vient, je crois, de m'appeler.

LA BARONNE (avec humeur).

Cette fille fait tout, dans cette comédie
C'est d'un sot personnage une plate copie.

FIN DU TROISIÈME ACTE.

QUATRIÈME ACTE.

SCENE I.

LA BARONNE MARTIN, LUCILE, ROSETTE.

LA BARONNE.

Soit affaire d'amour ou bien d'ambition,
Chacun peut se fier à ma discrétion ;
Même en donnant essor à la plaisanterie
D'aucun fiel jamais je n'ai l'ame remplie :
Femme, je sais garder un secret, Dieu merci.

LUCILE.

Trop d'hommes à mon sort s'intéressent ici.

LA BARONNE.

Madame de Vieubois a beaucoup de prudence.

LUCILE.

Elle dit que tout cède à la reconnaissance,
Que nos jours sont comptés, qu'un inutile effort
Ne nous empêche pas d'éviter notre sort.
On dispose à son gré de moi, de ma fortune,
Mondofier me poursuit de sa gloire importune.

LA BARONNE (l'interrompant).

De plaire à Mondofier, on doit vous l'annoncer,
Il m'a donné son cœur, il n'y faut plus penser.

ROSETTE.

Tant mieux, c'est un de moins.

LA BARONNE.

         Autrement son hommage,
Si je n'étais pas là, serait votre apanage.

ROSETTE.

Le marquis restera.

LUCILE.

         Qui, plus original,
Un brevet à la main, marche après son rival.
De mon père à propos il flatte la manie,
De m'épouser enfin tout le monde a l'envie.

LA BARONNE.

Mais de sorte que si...

ROSETTE.

         Le plus mince écrivain
Serait par un ministre appelé mon cousin.

LA BARONNE.

Ce personnage obscur d'enveloppe éphémère,

ROSETTE.

Deviendrait, au besoin, le gendre de son père,

LA BARONNE.

Je ne le cache pas, la baronne Martin
Saurait se préparer un plus heureux destin ;
La trop grande bonté cause notre misère.
Je fus contrariée ainsi que vous, ma chère.

Ma mère aimait pour moi le fils d'un épicier ;
Moi, j'aimais au contraire un beau sous-officier.
Ma mère se fâcha, mais je la laissai dire,
Et fus baronne enfin d'un préfet de l'empire...
Ceci peut bien s'apprendre, et vous, n'aimez-vous rien ?
Chaque âge a son amour, chaque cœur a le sien.

LUCILE.

Aurais-je, en n'aimant pas, autant d'inquiétude ?
J'aime, je dois le dire ; à quoi sert d'être prude.
De nous unir un jour, pour plaire à nos parents.

LA BARONNE.

J'entends, le beau Sinval a reçu vos serments.

LUCILE.

Mais cet espoir n'est plus, une femme légère
Fait mouvoir à son gré la tête de mon père.
Ce magique miroir, reflet des intrigants,
Le veut dans les honneurs pousser malgré les gens.
Comme il faut à mon père une grande opulence,
Le mari qui m'aura doit, par reconnaissance,
L'attirer après lui par ses protections
Sur le point élevé des hautes fonctions.

ROSETTE.

Comme en fait de vertu lui suffit l'apparence,
Que l'égoïsme enfin d'amitié se dispense ;
En paraissant l'aimer, pour ne lui laisser rien,
Il engage sa sœur à lui donner son bien.

LA BARONNE (à Rosette).

Quand tu fais un portrait, il est plein de malice.

LUCILE.

Sa fortune est à lui, j'en fais le sacrifice,
Lorsqu'on trouve un abri contre l'adversité,
On ne se plaint jamais de son obscurité.

LA BARONNE.

Vivre loin des humains devient une folie,
C'est finir assez mal le roman de sa vie;
Le prestige détruit, reste la vérité,
Le monde qui vous fuit est vite regretté,
L'époux cesse d'aimer, la femme d'être aimable;
Autour d'eux se présente un aspect misérable.
Le présent leur échappe avec trop de lenteur,
Quand rien ne parle aux yeux, tout conduit au malheur.

ROSETTE.

Le marquis qu'on croyait aimer Mademoiselle,
Ne se présente pas comme un amant fidèle.

LA BARONNE.

Aux deux jeunes beautés qui disputent son cœur,
Il ferait au besoin un faux pas à l'honneur,
Si Mondofier, un jour, voulait par aventure,
Lui donner une place....

ROSETTE.

　　　　　　　Il ferait un parjure.
Notre marquis, Madame, aurait alors le soin
De plaire à la comtesse et d'être aimé de loin.
La comtesse est au fond moins méchante que folle,
D'un triomphe assuré le plaisir la console.

LA BARONNE.

Tu m'étonnes beaucoup, et voilà du nouveau.
Ah! monsieur le marquis, ce trait-là n'est pas beau.

Je voudrais, la première, en semer la nouvelle ;
Mais la comtesse est prompte à vous chercher querelle.

ROSETTE.

Aux plus indifférents on en parle d'abord ;
Après vous, ça se dit ; vous n'aurez aucun tort.

LA BARONNE.

J'en parlerai ce soir à deux de mes amies.

ROSETTE.

Pour y semer le sel de quatre calomnies.

LUCILE.

Pour m'obliger, Madame, en resterez-vous là ?

LA BARONNE.

Non, je veux me mêler un peu de tout cela.
De vos jeunes amours le destin m'intéresse,
De protéger Sinval je vous fais la promesse ;
A Mondofier, d'ailleurs, ne l'ai-je pas promis,
Car les amis des miens sont toujours mes amis.
Je veux, sans plus tarder, parler à votre tante,
De sa façon d'agir je ne suis pas contente ;
Du labyrinthe obscur de la fatalité
Son œil n'aperçoit plus la moindre vérité.

ROSETTE.

Il serait dangereux de lui chercher querelle,
Son amitié ne bat presque plus que d'une aile.

LA BARONNE.

Me crois-tu sans raison, pour lui parler ainsi
Je saurai m'expliquer. Justement la voici....

SCÈNE II.

LES MÊMES, Mᵐᵉ DE VIEUBOIS.

LA BARONNE.

Qu'on me dise à présent que tout rêve est mensonge,
Pourquoi ne croire à rien quand l'erreur se prolonge.
Hier, par vos conseils, mon jeu n'a point souffert,
Contre moi, de paris, le tapis fut couvert ;
Vous ne m'écoutez pas, et paraissez rêveuse,
Mais il dépend de vous d'être moins malheureuse.

MADAME DE VIEUBOIS.

Votre bonheur me fait assurément plaisir,
Mais moi, de m'amuser, aurais-je le loisir.
On ne me voit jamais dans aucune assemblée,
De bien d'autres ennuis j'ai la tête troublée....

LA BARONNE.

Contre Derville il faut vous fâcher tout de bon,
Si le cas le voulait, sortir de sa maison,
Faire beaucoup de bruit, tenir tête à l'orage,
De vos biens, à Lucile, assurer l'héritage.

MADAME DE VIEUBOIS.

Ce projet me convient, c'est je crois le meilleur,
Le bonheur est chez soi, bien rarement ailleur.
Cette fatalité qui commande à la vie,
Pour un plaisir trompeur de tristesse est suivie.
Madame, notre sort est écrit dans la main.

LA BARONNE.

Si c'est un jour néfaste, attendez à demain.

MADAME DE VIEUBOIS (avec emphase).

Ainsi le veut le ciel, oui, j'aurai le courage
De délivrer mes mains des fers de l'esclavage.
Mon frère sera peint d'un seul coup de pinceau,
Car le cadre chez lui vaut mieux que le tableau ;
Le mot de la vertu sort toujours de sa bouche.
                Avec précipitation.
De ce coche nouveau si je me fais la mouche,
L'équipage ira vite, et comtesse et marquis
Sortiront de l'hôtel sans en être requis.
                A Lucile.
De Sinval je prétends que vous soyez la femme,
Vous l'entendez, Lucile ?

ROSETTE.

Et nous aussi, Madame.

LA BARONNE.

Sinval, riche d'honneur, de biens et de talents,
Est estimé des siens et recherché des grands.
                A Lucile.
Vous pouvez vous aimer, on est libre, ma chère,
A l'âge où se prescrit la volonté d'un père.
La fortune déjà vous donne assez de bien
Pour être indépendante et vous passer du sien ;
Du moment qu'un tyran s'arme de résistance,
Contre un injuste droit cesse l'obéissance.

MADAME DE VIEUBOIS.

Tout cela, c'est fort bien, mais je veux en finir.

LA BARONNE.

Ma foi, plus à propos il ne pouvait venir.

SCÈNE III.

Mme DE VIEUBOIS, LA BARONNE, LUCILE, ROSETTE, SINVAL.

MADAME DE VIEUBOIS.

Ecoutez-moi, Sinval, vous aurez ma nièce,
J'en ai fait le serment ainsi que la promesse ;
Plus pour moi que pour lui je veux vivre à présent,
Le plaisir du voisin n'est pas contentement.
Ne m'a servi de rien de céder à mon frère,
Cependant il me dit...

ROSETTE.

Que vous êtes sa mère.

LUCILE.

Nous ne pourrons jamais cesser de vous chérir.

SINVAL.

Soutenez le bon droit.

LA BARONNE.

Est-ce à vous d'obéir ?

MADAME DE VIEUBOIS.

Enfin, je ne crains plus d'irriter sa colère.

ROSETTE.

Et plus méchant que lui le contraint à se taire.

SINVAL.

De ceux que vous aimez n'êtes-vous pas l'appui,
Ce jour même verra se finir votre ennui ;
Cependant mon espoir n'était pas bien solide,
Je me suis présenté solliciteur timide,

De s'occuper de moi le ministre a promi,
De mon père, autrefois, il fut long-temps l'ami.
J'ai lieu d'être content, son humeur bienveillante
M'a tout fait espérer d'une assez courte attente.

MADAME DE VIEUBOIS.

Devant mon frère

LA BARONNE.

Il faut ne pas baisser de ton.

ROSETTE.

On croit le chat dehors qu'il est à la maison.

SCÈNE IV.

LA BARONNE MARTIN, Mᵐᵉ DE VIEUBOIS,
DERVILLE, LUCILE, SINVAL, ROSETTE.

DERVILLE.

Enfin, je vous revois, mon aimable baronne,
De parents et d'amis le hasard m'environne ;
Quand l'amitié consent à protéger l'amour
On est presque certain de passer un beau jour.

MADAME DE VIEUBOIS (d'un ton ferme).

Mon frère....

DERVILLE (sans répondre à sa sœur),

J'ai bien ri de votre étourderie,
Sinval, c'était hier de la plaisanterie.

SINVAL.

J'ai suivi vos conseils ; j'ai demandé pour moi,
De m'exiler encore on m'impose la loi.

DERVILLE.

Il faut bien commencer. Et dans quelle partie ?

SINVAL.

Consul à Tripoli.

DERVILLE.

Sans la diplomatie
Le commerce languit, n'est jamais honoré,
Au sein de l'abondance il vit même ignoré,
Le bien marche à pas lents, le besoin le devance,
D'être mieux nos enfants ont un jour l'espérance.

LA BARONNE.

Du temps qui nous poursuit l'ordre est bien arrangé.
Tout passe autour de nous, jamais rien n'est changé.

DERVILLE.

On ne m'appelle pas un philosophe austère,
Tout change cependant d'une étrange manière ;
Je suis encore à l'âge où se compte les jours
D'un temps dont le plaisir précipite le cours.
Voyez des mœurs du temps, la romantique allure
De l'esprit du théâtre a changé la peinture ;
Au lieu de chants joyeux il nous faut des noirceurs
Dont l'histoire voudrait oublier les horreurs.
Même les bouts rimés de la vive Thalie
Mêlent à nos plaisirs de la mélancolie.
Chaque jour voit éclore un ouvrage nouveau,
Digne enfant des Ronsard, fustigé par Boileau ;
L'art d'écrire devient métier et marchandise
Toutes ces nouveautés ont une barbe grise.

MADAME DE VIEUBOIS.

Ecoutez–moi, mon frère, et faites moins d'esprit,
Avant vous sur ce point vingt docteurs ont écrit.
Si du bonheur des tiens le ciel te fait le maître,
Ne néglige jamais de le faire paraître.
Bas, à Rosette.
Tu vois bien que je sais quand il faut lui parler,
Si je perds le procès tu peux en appeler.

ROSETTE (bas, à Mme de Vieubois).

A ce diapason tenez votre colère.

DERVILLE (à Rosette).

Et moi, je te défends de parler la première.

MADAME DE VIEUBOIS.

Depuis une heure au moins, hélas ! pour en finir,
Chez vous je vous attends pour vous entretenir.

DERVILLE.

Si de votre colère on m'eût dit la nouvelle,
Je n'aurais pas, ma sœur, évité la querelle ;
Moi–même je voudrais vous parler sans témoin,
Un semblable projet en ce lieu nous rejoint ;
De nous aimer toujours nous serait si facile,
Sinval, donnez la main à l'aimable Lucile.
Dans le jardin bientôt nous irons vous trouver,
Baronne, en les suivant, veuillez les observer.
A Rosette.
Rosette, quant à toi, quitte la compagnie.

ROSETTE (bas, à part).

C'est sucre et tout miel, garé la perfidie....

SCÈNE V.

DERVILLE, Mᵐᵉ DE VIEUBOIS.

MADAME DE VIEUBOIS.

Enfin, nous voilà seuls.

DERVILLE.

              Quelle sombre vapeur
Agite votre esprit et trouble votre cœur.

MADAME DE VIEUBOIS.

Mon frère, expliquez-vous, qu'avez-vous à me dire?
Pour ma conviction la raison doit suffire.
Je haïs ce mariage, il me déplaît si fort
Que je voudrais au moins faire un dernier effort.
Votre marquis fera le tourment de ma vie.

DERVILLE (lui donne une lettre).

Dans son département son oncle le marie.
Lisez.

MADAME DE VIEUBOIS.

     Et Mondofier ?

DERVILLE.

          Rassurez-vous, ma sœur,
Encor de ce côté vous n'aurez plus d'humeur.

MADAME DE VIEUBOIS.

La place....

DERVILLE.

M'est promise, et ne m'est pas donnée.

MADAME DE VIEUBOIS.

Elle est à l'un des trois sans doute destinée ?

DERVILLE.

A l'hymen de Sinval je ne m'oppose plus ;
Je suis prêt cependant....

MADAME DE VIEUBOIS.

Sans le moindre refus.

DERVILLE.

Quand la prévention rend un cœur insensible,
L'éloquence, ma sœur, est incompréhensible.
Je connais le motif de vos intentions.

MADAME DE VIEUBOIS.

Mais, que prévoyez-vous ?

DERVILLE.

C'est de m'ôter vos fonds.

MADAME DE VIEUBOIS.

Ce n'est pas mon projet.

DERVILLE.

Une amitié constante
Contre les coups du sort doit être prévoyante ;
C'est à mes ennemis dire presque tout bas
Que j'affiche un crédit que vraiment je n'ai pas ;
Qu'il faut pour me prêter prendre bien ses mesures,
Tant de gens, de mon luxe, ont poussé des murmures,

Que de notre maison chacun va s'occuper.
Qui ne fait rien, ma sœur, ne peut pas se tromper.
Je vous dois un aveu, je le tiens nécessaire :
Vous connaissez d'Arlon la malheureuse affaire ;
On m'annonce aujourd'hui qu'en pays étranger
L'homme avec son bilan vient de s'emménager ;
La nouvelle est encore inconnue à la bourse,
Cette perte demande une prompte ressource.
De trois cent mille francs, si par un abandon,
De rente, à mon profit, vous me faites le don,
Sinval serait demain l'enfant de la famille,
En vous donnant à moi c'est donner à ma fille.

MADAME DE VIEUBOIS.

Je conserve mes droits et veux faire un présent.

DERVILLE.

Leur état est je crois assez satisfaisant ;
D'ailleurs il ne faut pas exposer la jeunesse
A prodiguer les biens d'une heureuse richesse.
Ce qui fut amassé par d'honnêtes parents
Se dissipe, ma sœur, en assez peu de temps.
Quand la médiocrité gouverne notre vie,
Sans peine on s'habitue à plus d'économie.
Le malaise d'un jour s'écoule inaperçu,
Ce que vous donnerez sera bien mieux reçu....
Mais dans ce cabinet nous attend mon notaire,
Pour nous faire signer la rente viagère,
Ainsi que le contrat de nos jeunes enfants?

MADAME DE VIEUBOIS (vivement).

Donnez-moi votre main, mon frère j'y consens....

FIN DU QUATRIÈME ACTE.

5

CINQUIÈME ACTE.

SCÈNE I.

LA COMTESSE, MONDOFIER.

MONDOFIER,

C'est assez clairement motiver mon refus,
De ce complot obscur je ne me mêle plus.
On aime à conserver cette vertu première
Qui cimente le fond d'un noble caractère.....

LA COMTESSE.

Ce rigorisme absurde est passé de nos mœurs,
On préfère trouver d'agréables erreurs.
Sans se faire à soi-même un notable dommage
Avec le vice aimable on se plaît davantage ;
De son for intérieur on ne fait rien savoir,
Le cœur humain n'est pas transpercé d'un miroir ;
Avec précaution, d'inutiles promesses
Séduisent bien des cœurs, trompent bien des faiblesses.
Consentez seulement à vouloir m'obliger,
Nous tomberons d'accord, tout pourra s'arranger ;
Qui l'aurait deviné, le plus profond mystère
Pouvait d'un voile épais obscurcir cette affaire,
Derville à ce complot n'eût point ouvert les yeux,
Il est placé trop bas pour être dangereux.
Allons, promettez-moi...

MONDOFIER.

Madame, c'est l'usage,
Au malheureux jamais on né doit faire outrage,
Mais de votre marquis il faut se méfier,
Il se croit mon égal, est-ce à moi de plier?...

LA COMTESSE.

Le marquis est léger, quelquefois l'injustice
Donne au moindre défaut l'apparence d'un vice;
Si Mondofier pour lui consent à s'employer,
Sur ce faible roseau je pourrais m'appuyer.
Derville ne me plaît que par son opulence,
Voilà l'unique amour de cette préférence,
Voilà comment on voit sans notre volonté
L'amant le moins heureux être le mieux traité.
Allons, en ma faveur un peu moins de rancune
Me ferait du marquis partager la fortune....

MONDOFIER.

Mondofier n'a jamais trahi ses protégés.

LA COMTESSE.

Mais les hommes d'esprit n'ont pas de préjugés;
Quittez, il en est temps, cette obscure famille,
De Derville, mon cher, vous n'aurez pas la fille.
Entouré de flatteurs dont il fait ses amis,
Il ne respecte rien et se croit tout permis....
Dans ses moindres défauts le plus froid égoïsme
Déclare à tous les yeux l'impudeur du cynisme;
C'est déjà bien assez de n'estimer que soi,
Sans faire à tout propos reparaître le moi....

MONDOFIER.

D'une honteuse action devenez-vous coupable,
L'ignorance du moins peut vous rendre excusable ;
Les hommes, à vos yeux, ne sont nés que méchants.
Hé quoi ! j'irais sans honte, à la barbe des gens,
Du jeu de la bascule, éteignoir politique,
Appuyer sur sa tête une main jésuitique ?
Enfin, de cet ami qui m'a vu son appui,
Après l'avoir aimé le trahir aujourd'hui ?
Non, Madame, il n'est pas d'ame assez dépravée
Qui, pour faire le mal, soit si vite trouvée.
Dépositaire obscur des vertus d'autrefois
De l'amitié jamais je n'ai trahi les droits.

LA COMTESSE.

Sur un léger refus de nous rendre service
D'une amitié trompée on fait le sacrifice ;
A souffrir en silence on paraît décidé
Pour se venger plus tard d'un mauvais procédé ;
Car l'indignation nous donne du courage ;
Mais de trop s'en vouloir ce n'est pas être sage.
Sans doute, mieux que moi, vous êtes informé,
Ici je resterai si Derville est nommé.....

MONDOFIER.

De vous tromper encor il n'est plus nécessaire,
La baronne Martin n'en fait pas un mystère :
Sinval paraît mêlé, Madame, à tout cela.

LA COMTESSE.

Cette folle prétend......

MONDOFIER.

Ah ! Madame, halte-là :
Je l'épouse demain.

LA COMTESSE (en riant).

Peu de chose m'étonne,
Au ridicule il faut moins livrer sa personne.

MONDOFIER.

— C'est déjà bien assez de n'estimer que soi
Sans faire à tout propos reparaître le moi. —
Quand notre probité de rien ne fut flétrie
On peut bien à son gré disposer de sa vie.

SCÈNE II.

MONDOFIER, LA COMTESSE, ROSETTE.

ROSETTE (accourant).

Les deux salons du bas, Madame, sont ouverts,
Nous aurons un dîner de cinquante couverts ;
La famille sera presque toute invitée.

LA COMTESSE.

C'est bien, pour n'en rien perdre ici je suis restée.
Pour m'amuser au fond d'autant de vanité
Je veux les recevoir en gens de qualité.

ROSETTE.

Vous y verrez encore, outre les gens d'affaires,
Au moins quinze cousins, six vieilles douairières

Ne sortant que le soir de leur triste maison,
De soins minutieux s'occupant sans raison ;
N'ayant d'autres vertus que leur économie,
La fortune jamais ne leur semble affermie ;
Du comptoir paternel sont les fermes piliers,
Deux cents pour la soirée ont reçu des billets.....

LA COMTESSE.

Grand Dieu ! quelle cohue ; on aura des notaires,
Des médecins titrés.....

ROSETTE.

Et des apothicaires.

LA COMTESSE (à Mondofier).

Comme une ombre aujourd'hui je m'attache à vos pas,
Je vous retiens ce soir pour me donner le bras.
Pendant qu'on tient salon l'antichambre critique,
Car à médire ici tout le monde s'applique.

SCÈNE III.

MONDOFIER, LA COMTESSE, ROSETTE,
PASQUIN.

(Deux laquais apportent des cartons).

ROSETTE.

On apporte déjà les fleurs et les présents,
Du voile virginal les premiers ornements.
Madame, venez voir, ô la belle corbeille !
Pasquin, tu devrais bien me donner la pareille....

PASQUIN.

Va, tu n'as pas besoin d'embellir ta beauté,
Rien ne te sied si bien que ta simplicité.

LA COMTESSE (visitant un petit carton que tient Rosette).

Le désir de briller nous frappe de folie,
Notre position trop promptement s'oublie ;
De l'inégalité les rangs sont confondus,
La France d'autrefois ne vivra bientôt plus.
Sortie de son donjon, la noblesse héraldique
Salit son écusson d'un comptoir de boutique ;
Sans vouloir embellir son modeste intérieur
Chacun vit à présent avec trop de grandeur.
Du monde social descendez-vous l'échelle,
Personne à son état ne veut rester fidèle.
Le plus hardi s'élève à la place d'honneur,
Se fait de son emploi l'humble conservateur.
L'artisan ne veut plus du métier de son père,
A son intelligence ouvre une autre carrière,
A son ambition donne un funeste essor,
Plus riche que son père il veut se voir encor ;
Des inutilités il augmente le nombre,
Trop de clarté finit par nous faire aimer l'ombre.
Ce système sera tôt ou tard modifié,
La moitié des humains rit de l'autre moitié.
        Remettant le carton à Rosette.
Moins d'ostentation avec plus d'élégance,
Un goût plus délicat on fait moins de dépense.

ROSETTE.

Ces superbes présents sont donnés.....

LA COMTESSE.

                            Par la sœur :
C'est payer un peu cher un instant de bonheur ;

Mais je l'entends venir, suivant l'antique usage,
Tu la verras ce soir bénir le mariage.

SCÈNE IV.

MONDOFIER, Mme DE VIEUBOIS, LA COMTESSE,
ROSETTE, PASQUIN.

LA COMTESSE,

Vous triomphez, Madame, il vous est donc permis
D'assurer par l'hymen le sort de vos amis,
Avec beaucoup d'argent on fait vite une affaire;
Vous méritez, Madame, un compliment sincère.

MADAME DE VIEUBOIS,

Sur ce point il me faut vous tirer d'embarras,
L'argent qu'on donne aux siens ne se regrette pas,
Pour assurer le sort d'une fille chérie,
On ne compte jamais, et soi-même on s'oublie;
On ne voit pas le mal, on ne croit que le bien,
Car c'est un grand malheur que de n'aimer plus rien.
Je vous dois à mon tour un avis salutaire :
Si vous quittez un jour la maison de mon frère,
Madame, un autre ami peut vous tendre les bras,
Aimez-le de bon cœur, ne le trahissez pas.....
    D'un ton grave.
Mais j'imite les rois, et ma haine amortie,
Vous offre votre part d'une heureuse amnistie;
Les ennemis vaincus il n'est plus de combat :
Madame, quel plaisir de signer un contrat.
On arrive déjà; nombreuse compagnie
Doit assister ce soir à la cérémonie.
Rosette, les voilà; donne-moi mon écrin,
J'aime mieux l'en parer, je n'en ai plus besoin,

SCÈNE V.

DERVILLE, MONDOFIER, LA COMTESSE,
SINVAL, LUCILE, Mme DE VIEUBOIS,
ROSETTE, PASQUIN, UN NOTAIRE.

MADAME DE VIEUBOIS (embrassant Lucile et lui remettant l'écrin).

Tenez, chère Lucile.

DERVILLE.

Oui, monsieur le notaire,
Cet article approuvé termine notre affaire ;
N'ai-je pas confiance en votre probité......
Ma sœur le veut ainsi pour notre sûreté.
Les biens me font retour.

LE NOTAIRE.

Les acquets.

DERVILLE.

En partage.
A Sinval.
J'aurais voulu pouvoir vous donner davantage ;
Mais le sort m'est contraire, et sans ma bonne sœur
J'étais presque réduit au plus triste malheur.

LA COMTESSE (bas, à Derville).

Un malheur à propos quelquefois vous arrive.

DERVILLE (bas, à la comtesse avec sévérité).

La prudence vous dit d'être moins attentive.
A Mme de Vieubois.
Ma sœur, exigez-vous autre chose de moi ?

MADAME DE VIEUBOIS.

Je rends pleine justice à votre bonne foi ;
Nos enfants sont heureux.

SCÈNE VI.

DERVILLE, MONDOFIER, LA COMTESSE,
SINVAL, Mme DE VIEUBOIS, LUCILE, LA
BARONNE MARTIN, ROSETTE, PASQUIN,
LE NOTAIRE.

DERVILLE.

Votre absence, Madame,
Sans m'étonner beaucoup avait blessé mon ame ;
On vous cherchait partout, chacun vous demandait.

LA BARONNE.

A parler contre moi tout le monde s'aidait ;
J'avais l'ordre à Sinval de porter une lettre
Qu'un ami haut placé m'a permis de remettre.
J'oblige promptement, ainsi le veut mon cœur ;
Je crois à l'amitié, j'en caresse l'erreur.
La prudence prescrit quelquefois moins de zèle,
Je voulais la première en donner la nouvelle,
Attendu que ceci va faire un peu d'éclat.
    A Sinval.
Lisez.

SINVAL (étonné).

C'est un brevet de conseiller d'État.

MONDOFIER.

Et la pièce à la main la preuve est glorieuse.

LA COMTESSE.

Méprise.

MADAME DE VIEUBOIS.

J'en ai peur.

LA BARONNE (à Mme de Vieubois)

Serais-je une menteuse.

MADAME DE VIEUBOIS.

Je ne dis pas cela.

DERVILLE.

C'est une erreur.

LA BARONNE.

                          Non pas,
L'honneur vient de trop haut, on ne se trompe pas.
A lire dans les cœurs le ministre est habile,
D'égarer son esprit n'est pas chose facile ;
Il connaît bien son monde, il est le complaisant
Du mérite ignoré, de l'humble suppliant.....

LA COMTESSE.

Il ne refuse rien, pas même l'espérance.
       Montrant Derville.
Monsieur peut en parler avec pleine assurance,
Le marquis, grace à vous, va perdre son état.

LA BARONNE.

De Tripoli, Madame, il a le consulat ;
Nous le verrons un jour revenir de l'Afrique
Le fidèle mari d'une belle odalisque.

ROSETTE (à la baronne).

Madame, c'est, je crois, avec du tripoli
Que le cuivre, de l'or, imite le poli ;
Je fais du chrysocal si peu de différence,
Que pour saisir le vrai j'instruis mon ignorance.

LA COMTESSE (piquée).

Vous mêlez-vous aussi de dire votre mot ?

LA BARONNE (à Rosette).

On ne pardonne pas de passer pour un sot.
Tais-toi.

LA COMTESSE (à la baronne).

Vous triomphez.

LA BARONNE.

　　　　　Si ce jour m'est prospère
Madame, à tant d'honneur je ne m'attendais guère.

LA COMTESSE.

La ruse sert si bien pour pénétrer partout,
Tout un jour à la porte on vous verrait debout ;
Les battants bien fermés vous trouvez une issue
Que les autres enfin sont encor dans la rue.

LA BARONNE (avec hauteur).

Oui, tout autre à ma place eut fait plus d'embarras.

MONDOFIER.

Bien moins de vérité ne vous fâcherait pas ;

L'amour-propre blessé bien rarement pardonne.
Si je parle en mari, mon aimable baronne,
C'est pour vous avertir que toujours dans nos mœurs
La bonté doit rester constante au fond des cœurs.....

MADAME DE VIEUBOIS.

Je pouvais espérer d'obtenir la victoire ;
Aux cartes cependant personne ne veut croire :
De la première coupe, à la fin du tableau,
Six trèfles sont sortis avec l'as de carreau.

LA BARONNE.

Tout nous vient du hasard, soit honneur et richesse.

ROSETTE.

Pasquin, de m'épouser tu m'as fait la promesse,
Je t'apporte pour dot un grand fond de vertu,

PASQUIN.

Friponne, à ce présent je me suis attendu ;
Mais ce n'est pas assez pour entrer en ménage.

ROSETTE.

Que me demandes-tu ? que veux-tu davantage ?
Tu fais le difficile.

PASQUIN.

Ecoute maintenant :
Mon maître bien placé, j'en pourrais faire autant.

DERVILLE.

Oui, de toi je veux faire un garçon de recette.

SINVAL.

Et moi de mille écus je veux doter Rosette.

LA COMTESSE.

Tout le monde s'arrange et vous ne dites rien,
Vous avez bien pour deux, je crois, assez de bien.

DERVILLE.

Oui, mais je veux avant le titre d'Excellence,
Sinval même, aujourd'hui m'en donne l'espérance;
Bas, à part.
Son crédit sert au mien. L'argent va me rester,
Plus haut que lui peut-être un jour je peux monter.

FIN DE L'ÉGOÏSTE.

LE

TYRAN. TYRANNISÉ,

COMÉDIE EN CINQ ACTES ET EN VERS.

Imp. de Martial Place.

LE TYRAN

TYRANNISÉ,

COMÉDIE EN CINQ ACTES ET EN VERS;

PAR

C.-P.-D*** DE LA BERCUEILLE,

Ou le Solitaire de l'Allier.

MOULINS,

CHEZ MARTIAL PLACE, LIBRAIRE-ÉDITEUR,

RUE DES GRENOUILLES, 9.

1843.

ACTEURS.

ARGANT, docteur-médecin.
FLORVILLE, fils de Mme Argant.
VALMER, capitaine armateur.
ERNEST, officier, amant de Cidalise.
MERLANDIN, valet de Florville.
Maître SIMON, factotum d'Argant.
RAPPIN, homme d'affaire.
FRIPPART, notaire.
Un valet d'Elmire.
Mme ARGANT.
Mme MELVILLE, jeune veuve.
CIDALISE, fille de M. et Mme Argant.
Mme SOUFFLOT.
ELMIRE, personnage muet.

(*La scène se passe sur une place publique.*)

LE TYRAN TYRANNISÉ.

ACTE PREMIER.

SCÈNE I.

Mme MELVILLE, MERLANDIN.

MERLANDIN.

Monsieur n'est pas chez lui, revenez sur le soir.

MADAME MELVILLE.

Il m'a dit de venir.

MERLANDIN.

Vous ne pouvez le voir,
Je le crois à l'encan pour un lit qu'il fait vendre.

MADAME MELVILLE.

A de moindres rigueurs je crois devoir m'attendre,
Mais avant de le voir, dis-moi si, par bonheur,
Je pourrais espérer qu'il fût de bonne humeur?

MERLANDIN.

On serait mal venu de chercher à lui plaire,
Il est aussi bourru qu'une vieille portière;

1

Sa colère jamais ne descend d'un degré,
Il se fâche d'un rien, rien n'est fait à son gré;
Sa femme a le pouvoir de se le rendre aimable,
Pour elle c'est un saint et pour nous c'est un diable;
Malades et valets, sous un joug si fatal,
Maudissent chaque jour le pouvoir du brutal;
Sans cesse de montrer le plus mauvais visage,
Trop vite il arriva d'un assez court voyage.
Pour apaiser sa bile il cherche des repas,
Qu'on offre dans l'espoir qu'il n'acceptera pas.

MADAME MELVILLE.

Ne dis pas, Merlandin, à ta jeune maîtresse,
Que son père me traite avec tant de rudesse.

MERLANDIN.

Evitez de le voir.

MADAME MELVILLE.

   Quel affreux avenir,
Plus les malheurs sont grands, moins ils peuvent finir,
D'obtenir un délai j'ai perdu l'espérance,
Il a fait contre moi lever une sentence;
Ciel! je l'entends qui vient ...

SCÈNE II.

ARGANT, Mme MELVILLE, MERLANDIN.

ARGANT (d'un ton brusque.)

   M'apportez-vous l'argent ?

MADAME MELVILLE.

Hélas! écoutez-moi, mon cher monsieur Argant:
Hier, de votre part, l'huissier m'a fait visite,
De cette procédure, arrêtez la poursuite,
J'attends de jour en jour un parent généreux.

ARGANT.

Pour tromper un prêteur on chante de son mieux,
Rien ne fait croire à rien, votre insistance est vaine,
De pleurer avec grace évitez-vous la peine,
Si de votre opulence il ne vous reste rien,
Votre beauté vous reste et vous servira bien......
Que de gens, dans l'espoir de faire leur fortune,
Du fond de l'Amérique ont passé dans la lune.
Ceux qui vivent en France ont toujours un parent,
Qui, pour les enrichir, se meurt en arrivant;
Ou bien d'autres malheurs sont venus les atteindre,
Ils vivent dans la joie et ne font que se plaindre;
D'après eux le printemps ou les feux de l'été
On fait périr les fruits de leur propriété;
Ou bien un lourd vaisseau, pendant la traversée,
A sombré dans les flots d'une mer courroucée.
Enfin, comme on se plaît à tromper son prochain,
Sans honte à la fortune on vient tendre la main.

MERLANDIN (bas, à part).

Oh ! l'avare prêteur.

ARGANT.

C'est assez l'ordinaire,
D'écouter les conseils on ne se presse guère.
A pleurer un malheur si le sort nous réduit.
Bas, à Mme Melville.
On devient complaisant quand l'amour nous séduit.

MADAME MELVILLE (avec fierté).

Rien ne vous fait pitié, veuillez plutôt me dire
Si deux jours de délai.....

ARGANT.

Demain le terme expire,
Ce modique intérêt ne m'est plus suffisant,

Il n'a jamais payé le prix de mon argent :
Mes fonds.....

MADAME MELVILLE.

Sont garantis, vous avez ma promesse.

ARGANT.

C'est un titre véreux ignoré du commerce.

MADAME MELVILLE.

Les misères d'autrui n'attristent pas vos yeux,
Vous ne plaignez jamais le sort des malheureux :
Des jours infortunés sont pour vous jours de fêtes,
Les pleurs qu'on fait verser retombent sur nos têtes.
Un délai de deux jours n'est pas un grand retard.

ARGANT.

Il nous faut en finir ; dailleurs il se fait tard.
Bas, à part, apercevant Merlandin qui s'arrête sur la porte de la maison.
Que fait ce drôle ici, je crois qu'il nous écoute,
Entre eux ils sont d'accord, le fait est hors de doute.
Haut.
Vaurien, que fais-tu là, planté comme un piquet ?
Fais-nous voir tes talons. Emporte ce paquet.

(Merlandin entre dans la maison à gauche).

SCÈNE III.

ARGANT, Mᵐᵉ MELVILLE.

ARGANT.

Vous avez des objets qui valent cette somme,
Je puis vous obliger, sans attendre cet homme
Qui depuis si long-temps.....

MADAME MELVILLE.

De l'Ile de Bourbon

Son navire est parti.

ARGANT.

Qu'il vienne de Canton,
De l'Inde ou du Japon, vous n'avez pas sa bourse ;
D'ailleurs, vous n'êtes pas sans aucune ressource :
Du dernier mobilier laissé par vos parents,
Il devrait vous rester d'assez bons répondants ;
C'est le meilleur moyen d'utiliser la chance.
Sans exiger un titre on se paye d'avance,
Nous pouvons sans aigreur terminer entre nous,
    Avec mystère.
Sans qu'il en soit parlé, je recevrai de vous
Ce bijou..... vous savez ? qui vient de votre mère ;
Ce serait un garant pour le prêt à vous faire.

MADAME MELVILLE.

Comment, pour six cents francs vous voulez un collier ?

ARGANT.

Quand il s'agit d'argent rien ne peut m'humilier ;
Autre part que chez moi vos dettes sont citées,
Je vous quitte. On m'attend, mes heures sont comptées ;
Vos meubles, dans huit jours, d'ailleurs seront vendus,
Avec le capital, les intérêts sont dus.....

MADAME MELVILLE.

Vous serez satisfait, à l'instant je l'apporte.
       (**Elle sort**).

SCÈNE IV.

ARGANT.

De deux bons mille francs sa valeur se comporte,
De ma femme avec soin il me faut le cacher,
Autrement on pourrait fort bien me l'arracher ;
Je le vendrai sans bruit, pour prêter davantage,
A ce jeune étourdi qui m'emprunte avant l'âge.

SCÈNE V.

ARGANT, ERNEST.

ERNEST.

Pour vous entretenir, Monsieur, j'allais chez vous.

ARGANT.

D'entendre vos secrets je ne suis pas jaloux,
Mettez votre chapeau, je connais votre affaire ;
De vous voir plus souvent il n'est pas nécessaire.

ERNEST.

Votre épouse, Monsieur, approuve mon amour.

ARGANT.

Il vous faut me le faire approuver à mon tour ;
Ma femme, à mes avis, n'est pas désobligeante,
     Bas, à part.
Mais sa vivacité la rend par trop méchante.

SCÈNE VI.

ARGANT, Mme ARGANT, ERNEST, FLORVILLE, MERLANDIN.

MADAME ARGANT (à Ernest).

Pourquoi n'entrez-vous pas, Ernest, à la maison ?
Mon mari vous reçoit avec affection,
Rien ne lui fait jamais manquer à sa parole,
L'esprit d'un médecin n'est point un hyperbole,
Dans tout ce qu'il vous dit la raison e conduit.
    Touchant un petit sac d'écus qu'Argant semble cacher.
D'où vous vient cet argent que vous cachez sans bruit?
C'est assez d'un écu pour passer la semaine ;
Qu'avez-vous dépensé pour aller à Surêne ?

ARGANT.

Après avoir changé quatre fois de wagons,
Un franc, plus un décime, à quatre stations.....

MADAME ARGANT.

Quel fut, dans ce voyage, enfin votre conduite ?

ARGANT.

Je n'ai rien affermé.

MADAME ARGANT.

Je vous approuve. Ensuite ?

ARGANT.

Avantageusement on demande à traiter.

MADAME ARGANT.

Sans préjudice, il faut d'abord me consulter.

ARGANT.

Deux mille écus comptant sont le prix de la terre,
Mais rien n'est décidé.

MADAME ARGANT.

Je verrai mon notaire,
Je veux vendre les bois et ne plus affermer.....
De ces enfants, mon cher, il faut se faire aimer,
A l'amitié des miens je cède ou m'abandonne.
Fixant Argant.
Ce qui me déplaît fort, c'est quand on me raisonne ;
Si l'avarice fait prospérer votre bien,
Du moins vous me laissez la gestion du mien ;
En donnant à ma fille un mari jeune et sage....

FLORVILLE.

C'est lui donner l'espoir d'être heureuse en ménage.

MADAME ARGANT (en soupirant).

Feu mon second mari pensait bien comme toi.

ARGANT (bas , à part).

Ses amis ne l'ont pas regretté plus que moi.

MADAME ARGANT.

A marronner toujours votre langue s'apprête ,
Cependant je suis femme à vous laver la tête.
Vous devriez sans cesse au moins vous rappeler ,
Que sans me fatiguer je peux long-temps parler.
Nous verrons ça plus tard ; allons chez mon notaire ,
Lui déclarer d'abord, je n'en fais pas mystère ,
Qu'à me plaire aujourd'hui vous êtes assigné ;
     Elle lui donne la main.
Mais que sans cette main rien ne sera signé.

(Argant , Mme Argant et Ernest entrent dans la maison à gauche).

SCÈNE VII.

FLORVILLE , MERLANDIN.

MERLANDIN.

Comme un chien bien appris il se fait agréable.

FLORVILLE.

Un cœur comme le sien est vraiment introuvable ,
De paraître irrité il se fait un devoir,
Il croit que la colère augmente son pouvoir ;
Mais lorsqu'un plus méchant contre lui fait l'orage ,
Il s'éloigne de peur d'affaiblir son courage.

MERLANDIN.

Son faible pour l'argent lui fait tout employer,
Quand il reçoit la pluie il la fait essuyer.
Sa femme est son tyran , sa bourse est son amie ,
Pour l'emplir il consent à braver l'infamie.

Parfois au tribunal, avide créancier,
Il devient au besoin le recors d'un huissier.
On le voit chaque jour molester par Madame,
Sur un ton aigre-doux chanter la même gamme ;
Excepté le bon jour qui ne lui coûte rien,
L'indigent n'obtient pas une part dans son bien ;
Même encore aujourd'hui, madame de Melville,
Ne pouvant s'acquitter, lui fit tourner la bile.

FLORVILLE.

Il fut toujours avare.

MERLANDIN.

Il voulait qu'à l'instant
Elle allât au logis lui chercher de l'argent ;
Rien ne put l'adoucir : ses pleurs et sa détresse
Ne firent qu'augmenter sa cupide faiblesse ;
Il promit, devant moi, qu'avant la fin du jour,
Il enverrait l'huissier démeubler son séjour.
Dans son ambition il exigeait le gage
D'un superbe collier venu par héritage.
A ne lui rien laisser il peut se décider.

FLORVILLE.

Du bijou c'est un homme à la déposséder,
Il est peut-être temps de prévenir ma mère
De l'obscur dénouement d'une aussi triste affaire.

MERLANDIN.

Sur un point seulement ils ont des différends,
Bas, à part.
Je les tiendrai d'accord sur certains arguments.

FLORVILLE.

A l'obliger je dois mettre beaucoup d'adresse,
Je l'aime, Merlandin, son malheur m'intéresse ;

Elle qui sait si bien , sous un air de pudeur ,
De l'amour le plus vrai vous donner le bonheur ;
Par la fatalité d'un emprunt nécessaire ,
En visite elle vint quelquefois chez ma mère ,
Sans me donner d'espoir elle a plaint mon amour ,
Mais ses yeux m'ont promis de m'écouter un jour.
Comme de maître Argant l'intérêt est sordide ,
Que sa bourse est fermée aux besoins du timide ,
Il nous faut aujourd'hui la sortir d'embarras.

MERLANDIN.

Vous ne pouvez paraître , et je ne conviens pas ;
Cependant je connais un homme à deux figures
Qui conduit à bon port un nombre d'aventures ;

FLORVILLE.

Pour retirer l'effet entre les mains d'Argant ,
Il faut sans différer lui porter de l'argent.
Mais Argant vient ici , suis d'un peu loin mes pas ;
Entrons dans cette rue , il ne nous verra pas.

(Ils sortent par la droite).

SCÈNE VIII.

ARGANT (réfléchissant).

Pour abattre un grand vent, il faut petite pluie ,
On n'est sourd aux clameurs d'une femme qui crie ,
Mais, qui vient me parler.....

SCÈNE IX.

ARGANT, MAITRE SIMON.

ARGANT.

C'est toi, maître Simon ,
Le temps est-il au beau? que diras-tu de bon ?

MAITRE SIMON.

Que je perds mon latin à tromper votre Elmire,
La dame contre vous ne fait plus que médire.

ARGANT.

L'effet n'est pas sans cause, elle n'ignore pas
Le mépris que Florville a fait de ses appas.

MAITRE SIMON.

Depuis que cet amour lui fait tourner la tête,
La dame à se fâcher obligeamment s'apprête;
L'église maintenant ne fait plus son séjour,
Son visage autrefois qui donnait de l'amour,
Se perd dans les rubans d'une fraîche toilette;
A son age elle veut faire encor la coquette.
Mais comme à ses attraits personne n'est jaloux,
L'amour de votre fils n'est connu que de vous;
N'espérez rien de bon d'un si plat stratagème,
Dont l'amour de Florville est encor le problême;
Vous êtes abhorré de toute sa maison,
Lorsqu'on veut vous draper on s'adresse à Simon.

ARGANT.

Pour certain avantage on supporte l'injure,
D'ailleurs ma bienveillance amplement te rassure;
On étouffe la plainte ainsi que le remords,
D'où nous vient le pécul, s'efface bien des torts.

MAITRE SIMON (ôtant son chapeau).

Si la nécessité de moi veut faire un traître,
Votre élève, Monsieur, ne peut valoir son maître.

ARGANT.

Tu te fâches d'un rien, tu n'entends plus raison,
Aidons-nous à chasser le chat de la maison;

De son fils, mon épouse est vraiment idolâtre,
Contre moi chaque jour il la rend opiniâtre;
Il m'observe de loin, de trop près suit mes pas,
Chez moi d'être le maître il ne me permet pas.

MAITRE SIMON.

Réfléchissez avant, la chose est difficile.

ARGANT.

De le savoir chez moi je ne suis pas tranquille.
Quel est cet homme noir?

SCÈNE X.

ARGANT, MAITRE SIMON, RAPPIN.

RAPPIN (saluant Argant).

C'est à monsieur Argant.....

ARGANT.

Vous parlez à lui-même.

RAPPIN (toujours saluant).

Une somme d'argent
Vous est due aujourd'hui par madame Melville,
Pour solder le montant j'ai parcouru la ville.

ARGANT.

Monsieur, je suis tout prêt;

Bas, à part,

Le collier est vendu,
Trop tard je m'en repends, c'est moi qui l'ai voulu.

RAPPIN.

Monsieur, je suis pressé, finissons cette affaire.

ARGANT (bas, à part).

Il s'est fait à ma place escompter le salaire,
Je fus bien maladroit.

RAPPIN.

Mais je viens vous payer ;
Un semblable entretien commence à m'ennuyer,
Un dépôt sera fait si cela vous oblige.

ARGANT (bas, à part).

Il faut me résigner :

Haut.

Venez chez moi , vous dis-je ,
Avec exactitude acquitter votre effet ,
Avec les intérêts annexés au billet.

(Ils entrent dans la maison à gauche).

SCÈNE XI.

MADAME MELVILLE (marchant lentement, tenant un coffret à la main.
Simon, pendant ce temps , se retire avec précaution pour qu'elle ne
l'aperçoive pas).

Adieu ! dernier présent d'une mère expirante ,
Hélas ! à te porter que ma main est tremblante ,
Te perdre pour toujours attriste bien mon cœur.
Un sombre lendemain a suivi mon bonheur ,
De plaire et d'être aimée était ma destinée ,
A souffrir trop long-temps le sort m'a condamnée ;
A Florville en secret je peux encore songer ,
Mais l'honneur me prescrit qu'il y soit étranger ;
Oublions un amour dont se perd l'espérance ,
Il ne me verra plus , je fuirai sa présence.

SCÈNE XII.

ARGANT, Mme MELVILLE.

Argant parle bas à Rappin , qui lui désigne Mme Melville.
(Cette action se passe lentement).

ARGANT (bas, à part).

La voici triomphante , et quelle est sa raison ,
Pour n'avoir pas suivi cet homme en ma maison.

MADAME MELVILLE (d'un ton lent).

Sans conserver d'espoir, sans pitié pour mes peines.

ARGANT.

Que venez-vous chanter avec vos balivernes?

MADAME MELVILLE.

Rendez-moi mon effet.

ARGANT.

Vous venez de payer,
A dresser vos cheveux vous pouvez l'employer.

MADAME MELVILLE.

De grace , expliquez-vous?

ARGANT.

L'homme qui se retire
M'a remboursé mon dû.

MADAME MELVILLE.

Mon malheur vous fait rire.

ARGANT.

Je ne plaisante pas , et vous savez fort bien
Qu'un éclaircissement ne peut servir à rien.

MADAME MELVILLE.

On vous paye en mon nom , c'est extraordinaire.

ARGANT (bas, à part).

Je touche au bout du doigt le fond de ce mystère ,
Des amis ; cependant on se plaint chaque jour.

MADAME MELVILLE.

La personne.....

ARGANT.

A sans doute un petit brin d'amour.

ı MADAME MELVILLE.

De cet événement j'ai lieu d'être surprise ,
Mais dois-je profiter d'une heureuse méprise.
Fixant Argant.
Si , dans le cœur de l'homme, on trouvait un chemin,
A vivre avec honneur on mettrait plus de soin.

(Elle s'éloigne).

SCÈNE XIII.

ARGANT.

A parler contre moi mon étoile m'oblige ,
J'étais loin de m'attendre au malheur qui m'afflige ;
J'avais presque aux cheveux saisi l'occasion ,
Ah ! cachons l'aventure aux gens de ma maison.

FIN DU PREMIER ACTE.

DEUXIÈME ACTE.

SCÈNE I.

VALMER, MERLANDIN.

MERLANDIN (donnant son bras à Valmer).

Pour des contusions la médecine ordonne
Pour premier traitement une saignée... et bonne.
Le docteur loge ici.

VALMER.

Je n'en ai pas besoin.
Tenez, voilà pour vous.

MERLANDIN.

Votre douleur de rein.....

VALMER.

Ne me fait plus souffrir. Habitant cette ville,
Savez-vous la maison de madame Melville?

MERLANDIN.

Je la connais, Monsieur ; vous êtes, je le vois,
Ce parent qu'elle attend depuis plus de six mois :
Sa maison n'est pas loin, près la place Dauphine,
En face du marchand de poivre et de résine ;
Son bonheur sera grand de vous voir en ces lieux.

VALMER (bas, à part).

Le quidam est aussi bavard que curieux.
Haut.
Comment vous nommez-vous?

MERLANDIN (saluant).

            Merlandin on m'appelle ,
Mon service appartient à qui paye mon zèle.

SCÈNE II.

MERLANDIN.

Il faudrait se lever, je crois, de bon matin ,
Pour lire dans le cœur de ce loup de marin ;
C'est un funeste don qu'une langue érudite,
Sans rien avoir appris sur-le-champ il me quitte ;
Soumis en apparence à la loi du payant ,
Notre infériorité nous rend obéissant.

SCÈNE III.

FLORVILLE , MERLANDIN.

MERLANDIN (d'un ton tragique).

Pour vous parler, Monsieur, à la fin je vous trouve ,
L'inflexible destin aujourd'hui vous éprouve ;
D'abord il ne faut pas s'arracher les cheveux
Pour essuyer les pleurs qui coulent de nos yeux.
Sans nuire à vos succès , vous savez mes finesses ,
Pour vous rendre adorable aux yeux de vos maîtresses ,
A bon port le marin vient de nous débarquer.

FLORVILLE.

Quel fâcheux contre-temps.

MERLANDIN.

            Il faut vous expliquer.

FLORVILLE.

Dis-moi

2

MERLANDIN.

Voici comment mon histoire commence :

FLORVILLE.

Mais tu me fais dix fois mourir d'impatience.
Enfin ?

MERLANDIN.

Mes questions ont su le pénétrer,
Un hasard singulier me l'a fait rencontrer :
J'arrivais au Marais, au détour d'une rue
Un énorme omnibus s'est offert à ma vue,
Dont l'avant-train tiré par de maigres chevaux
Ne pouvaient l'arracher du milieu des ruisseaux.
Sans craindre les éclats d'un déluge de boue
On marchait hardiment aux côtés de la roue ;
Il agitait les airs sans presque se mouvoir
Tant il était propice à servir de juchoir....
Un brillant équipage en passant le renverse,
A lui porter secours tout le monde s'empresse,
Le concours fut nombreux, jamais procession
N'attira tant de gens à sa dévotion.
Le cocher du marin demi-mort de colère
De voir son attelage étendu sur la terre,
Sur l'auteur de ses maux s'élance furieux,
L'arrache de son siége et le prend aux cheveux.
Le Marais, cette fois, fut un champ de bataille,
Le peuple curieux s'adosse à la muraille.
Mais l'homme à la calèche, auteur de l'embarras,
S'adresse aux deux cochers qui ne l'écoutent pas ;
Pendant le pugilat de cette lutte horrible
Notre marin restait fumeur inaccessible ;
Mais entre les plaignants plaçant sa volonté,
En espèce sonnante il dicta le traité :
Des chevaux il paya deux mois de nourriture,
Et les remit sur pied pour traîner la voiture ;

Parvenu sans contrainte à les pacifier,
Je suis le marin qui gagnait ce quartier.

FLORVILLE.

J'ai de ne plus la voir la triste certitude.

MERLANDIN.

L'amour berce nos cœurs d'espoir, d'inquiétude,
Attendez le malheur, ne le devancez pas,
Se trop décourager est un autre embarras ;
Avec moins d'avantage on se tire d'affaire,
Valmer est déjà vieux, chez vous c'est le contraire,
Une entreprise hardie hâtera vos succès....

FLORVILLE.

C'est faire sans espoir d'inutiles projets,
La vertu suit l'amour d'une femme sensible,
Elle aimera Valmer.

MERLANDIN.

    Monsieur, c'est impossible.
Son hésitation à refuser sa main,
Promet à son amour un fâcheux lendemain.

FLORVILLE.

Sans son consentement j'ai fait payer sa dette ;
Elle peut s'en fâcher.

MERLANDIN.

    Un rien vous inquiète.
Ce trait vous fait honneur, cette noble action
Atteste la vertu de votre passion :
De suite allez la voir, le moment est propice,
Surtout du fin matois évitez la malice.

SCÈNE IV.

ARGANT, FLORVILLE, MERLANDIN.

ARGANT.

On ne vous voit jamais, pourquoi me fuyez-vous ?

FLORVILLE.

Je crains de déranger.....

ARGANT.

　　　　　　　　L'instant d'un rendez-vous.
En inutiles riens vous passez votre vie,
L'inconstance chez vous, d'inconduite est suivie ;
Je suis votre obligé, sont vos remerciements,
L'amour aime le bruit des divertissements,
Une belle consent d'être votre conquête,
Mais ce n'est point assez de lui tourner la tête,
La pauvrette se plaint à chaque instant du jour,
Du *matrimonium* mélangez votre amour....

FLORVILLE (bas, à Merlandin).

Toi qui le connaît bien, sais-tu ce qu'il veut dire ?

MERLANDIN (bas ; à Florville).

Attendez, il s'apprête à vous parler d'Elmire.

ARGANT.

Cet amour est connu déjà de bien des gens,
Elmire est jeune encore et veuve sans enfants....

FLORVILLE.

Je la vois sans avoir le désir de lui plaire.

ARGANT.

Sa fortune, je crois, vous serait nécessaire,
Vos habitudes sont les mœurs d'un vaurien,

Jamais l'oisiveté n'augmenta notre bien.
A midi se lever pour visiter les belles,
Là vous éternisez de sottes bagatelles,
On n'y fait que médire, et soit dit sans courroux,
Vos vieux lions barbus sont de vrais loups-garoux.
Viennent après cela les courses en voiture,
On court au fond du bois contempler la nature,
Ou d'un coursier rapide excitant la vigueur,
D'une femme incomprise on devient le vainqueur.
Mais après le dîner, changement de méthode ;
L'époux sort pour fumer, la fumée incommode,
Chacun de son côté prend ses délassements,
La vertu du boudoir se retire à pas lents ;
S'entre aimer plus d'un jour devient une hérésie,
Et l'épreuve s'en fait après la comédie,
Ou bien pendant le bal par un saut de galop,
Qui pour certains maris devient encor de trop.

MERLANDIN.

La jeunesse, Monsieur, a besoin d'un bon guide,
    Bas, à Argant.
Ne vous étonnez pas de le voir si timide.

ARGANT.

Merlandin, ta vertu m'est connue à demi,
Aujourd'hui voudrais-tu devenir mon ami ?

MERLANDIN (bas, à Argant).

Je vous dirai tantôt des choses surprenantes.

ARGANT.

Mais les vertus d'un jour sont au fond chancelantes,
L'esprit peut corriger les faiblesses du cœur,
La volonté fait tout pour nous rendre meilleur ;
Demain voyez Elmire en amant véritable,
Ses bonnes qualités la rendent supportable.

MERLANDIN (bas à Florville).

Ses charmes surannés doublés de satin noir
D'un étrange désir pourront vous émouvoir.

ARGANT.

Quatre cents mille francs le jour du mariage
Vous feront soupirer.

MERLANDIN (bas à Florville).

Les beaux jours d'un veuvage.

SCÈNE V.

ARGANT, FLORVILLE, Mme SOUFFLOT, MER-
LANDIN.

MADAME SOUFFLOT.

La femme du tailleur vous appelle en pleurant,
Son malheureux époux est presque agonisant,
En vous est son espoir pour le rendre à la vie.

ARGANT (bas, à part).

Il ne m'a pas payé de son hydropisie,
La façon d'un gilet fut son dernier cadeau.

MADAME SOUFFLOT.

Il vous attend, Monsieur.

MERLANDIN (bas, à part).

Pour le mettre au tombeau.

ARGANT.

J'irai bientôt le voir, allez chez lui m'attendre.

MADAME SOUFFLOT.

Au nom du ciel ! Monsieur, veuillez chez lui vous rendre,
Votre art contre la mort peut opposer un frein.

ARGANT.

Pourquoi vous alarmer, cet accident n'est rien.

MADAME SOUFFLOT.

Ah ! c'est pitié, Monsieur, que de le voir combattre,
Il oppose à la mort le courage de quatre.

ARGANT (bas, à part).

De cette maladie il ne peut s'acquitter,
L'indigent devrait bien mourir sans s'arrêter !
Haut.
J'irai, dame Soufflot.

MADAME SOUFFLOT.

Refuser son service,
Il faut donc que sans vous ce malheureux périsse.

ARGANT.

Paix !

MADAME SOUFFLOT.

Ah ! Monsieur....

ARGANT.

Silence !

MERLANDIN (bas, à part).

O malheureux humain,
La femme de Pluton t'a porté dans son sein.

SCÈNE VI.

ARGANT, Mme ARGANT, FLORVILLE, Mme SOUF-
FLOT, MERLANDIN.

MADAME ARGANT.

Allez sans plus tarder soulager sa souffrance,
La mort prête à frapper marche après l'espérance,
Regrettez les instants que vous avez perdus,
A chaque heure du jour les vôtres lui sont dus.
L'homme marche accablé d'un manteau de misère,
La douleur vient ouvrir et fermer sa paupière.

MADAME SOUFFLOT.

Un cœur, fût il d'acier, finit par s'attendrir.

ARGANT.

Sans conserver d'espoir je cours vous obéir.

SCÈNE VII.

Mme ARGANT, FLORVILLE, MERLANDIN.

MADAME ARGANT.

Une observation irrite sa colère,
Mais plus méchant que lui le contraint à se taire.

FLORVILLE.

Sans faire avec éclat parler la vérité,
Vous gouvernez Argant à votre volonté,
Sans abuser jamais d'un pouvoir tutélaire,
Il devient complaisant et moins attrabilaire.

MADAME ARGANT.

Dans tout ce que tu dis es-tu de bonne foi,
Voudrais-tu me flatter, as-tu besoin de moi ?

Si tu veux de ta mère obtenir la tendresse,
Promets-lui d'être un jour l'appui de sa vieillesse.
De frivoles plaisirs chaque jour occupé,
Tu cherches le bonheur, ton esprit s'est trompé ;
Abandonne-toi moins aux amitiés nouvelles,
Fais-toi des amis sûrs, ils te seront fidèles.

FLORVILLE.

Ceux qui sont nos amis sont ingrats ou jaloux,
L'hymen paraît offrir des plaisirs bien plus doux.

MADAME ARGANT.

De ce nouvel amour fais-moi la confidence.

FLORVILLE.

Si vous me promettez une entière indulgence
Je vous dirai le nom d'un objet si charmant.

MADAME ARGANT.

D'aimer toute la vie as-tu fait le serment ;
Allons, dis-moi son nom ?

FLORVILLE.

                    Excusez ma faiblesse,
Chez vous assez souvent vous la voyez sans cesse.

MADAME ARGANT.

Peut-être as-tu peur de le dire en ces lieux,
Chez moi pour en causer nous serons beaucoup mieux ;
Si tu n'as pas l'espoir d'une bonne fortune,
La peine de mon fils ne m'est point importune.

SCÈNE VIII.

MERLANDIN.

Attendons pour juger plus favorablement
Ce qui doit résulter de cet entraînement.

Pour l'empêcher de se laisser prendre à l'amorce,
J'allais mettre mon doigt entre l'arbre et l'ecorce ;
Quand les yeux sont ouverts pour voir la vérité,
De la langue il nous faut brider la liberté.

(Il se retire en voyant arriver Valmer et Mme Melville).

SCÈNE IX.

VALMER , Mme MELVILLE.

VALMER.

J'abandonne la mer pour les bords de la Seine,
Une heureuse fortune aujourd'hui me ramène ;
Un instant de bonheur nous fait tout oublier,
On aime à voir de près un toit hospitalier.
Si des rêves d'amour font supporter l'absence,
D'être aimé voulez-vous me donner l'espérance ?
Ma barque, dans le port, vient d'entrer à propos,
A mon age on désire assurer son repos...

MADAME MELVILLE.

De voyager, enfin, vous n'avez plus l'idée ?

VALMER.

Au port je veux ancrer, la chose est décidée.

MADAME MELVILLE.

Le ciel, au vrai bonheur, vous fait ouvrir les yeux,
L'homme jamais content veut toujours être mieux.
Je me suis dit souvent : un léger avantage
Lui fait braver les vents ou l'horreur d'un naufrage.

VALMER.

C'est vrai. Dernièrement entourés de dangers,
Se présentent au feu marins et passagers ;
Notre vaisseau sortait des eaux de Salamine,
Suivi par un forban de la côte voisine ;

L'équipage à ma voix s'assembla sur le pont,
Et contre ce pirate hissa son pavillon ;
C'est un tableau mouvant qu'un combat sur les ondes.
La peur d'être englouti dans ces plaines profondes
Du plus jeune marin fait un hardi guerrier.
Sur mer contre la mort on est sans bouclier,
Nous offrant tour-à-tour l'écueil ou le naufrage,
Sur nous de ses rigueurs elle exerce sa rage.
On jeta les grapins, un boulet à propos,
Dans les flancs du Chébec fit pénétrer les flots ;
Nos ennemis, frappés d'un effroi légitime,
Se cramponnaient au mât, montaient jusqu'à sa cime.
Nos marins, profitant de cet instant d'horreur,
Font de nouveaux efforts et redoublent d'ardeur.
Heureux de s'échapper d'une mort si certaine,
L'équipage ennemi vint se mettre à la chaîne,
Implorant la pitié du premier commandant,
Dans l'espoir d'obtenir un meilleur traitement.

MADAME MELVILLE.

Avant votre arrivée, un service honorable
Vint vous rendre à mes yeux encor plus estimable.
Sur le point de ternir ma réputation,
Un effet fut par vous payé sans caution.

VALMER.

Vous ne me devez rien ; d'abord je vous atteste
Que j'ignorais, madame, un destin si funeste.

MADAME MELVILLE.

Vous l'avez fait payer....

VALMER.

D'honneur, en vérité,
Je n'ai rien fait pour vous par générosité.

MADAME MELVILLE.

Pourquoi dissimuler, cette somme est rendue.

VALMER.

Cette dette de moi ne fut jamais connue.
Bas, à part.
Par un autre que moi ce billet fut payé.

MADAME MELVILLE (bas, à part).

Je commence à comprendre, on s'est dépaysé.
Haut.
On connaissait d'Argant l'horrible caractère ,
Voilà le seul motif de ce profond mystère ;
Sur l'inflexible Argant ma voix fut sans effet,
Lui-même ici m'a dit qu'il était satisfait.

VALMER.

Je blâmerai d'abord dans cette circonstance,
Ce silence absolu de toute confiance :
Il fallait visiter mon notaire Frippart,
Il vous eût avancé quelques fonds de ma part,
Son amitié pour moi l'engageait à le faire ;
Instruit par le docteur, je saurai ce mystère,
D'un procédé si beau je connaîtrai l'auteur,
Bas, à part.
Je crains de rencontrer un heureux successeur.

FIN DU DEUXIÈME ACTE.

TROISIÈME ACTE.

SCÈNE I.

CIDALISE, ERNEST.

CIDALISE.

Oui, Monsieur, laissez-moi.

ERNEST.

Vous riez, Cidalise.

CIDALISE.

D'un mauvais procédé l'esprit se formalise.

ERNEST.

Contre un premier baiser pourquoi tant se fâcher,
Sur le point d'être unis, qui pouvait m'empêcher...

CIDALISE (bas, à part).

L'impertinent !
    Haut.
Fort bien.

ERNEST.

Oubliez mon audace,

CIDALISE (bas, à part.)

D'un lion à tous crins il est de pure race,
Tu me le paieras.

ERNEST.

Une fois marié,
J'espère n'être plus sur ce point contrarié,

Madame de Melville, en cette conjoncture.
Jugera sans appel le fond de cette injure.

SCÈNE II.

Mme MELVILLE, CIDALISE, ERNEST.

ERNEST.

Vous venez à propos nous apporter la paix.

CIDALISE.

Ne l'écoutez pas.

ERNEST.

Mais....

CIDALISE.

Moi, je ne mens jamais.

ERNEST.

C'est à moi de parler.

CIDALISE.

C'est à vous de vous taire.
Je vais vous expliquer ce qui fait ma colère :
Léger comme un zéphir, il vint en voltigeant,
M'assurer que toujours il me serait constant,
Et me baiser la main fut son premier prélude ;
Ensuite il m'appliqua le baiser le plus rude
Qu'un chevalier vainqueur n'aurait osé donner.
De l'observation il parut s'étonner.
Toujours le plus coupable est celui qui s'offense ;
Dernièrement au bal, nonobstant ma défense,
A la prude Clémence il alla parler bas,
De vue un seul instant je ne les perdis pas ;
Si je me laisse encor séduire à son langage,
Il promettra d'abord d'être un peu moins volage.

MADAME MELVILLE.

D'aussi jaloux transports viendraient vous séparer,
Ce malheur me paraît facile à réparer ;
Un amour confiant jamais rien n'appréhende,
Que le plus raisonnable à mon avis se rende.
Ces hommes si trompeurs, arbitres de nos maux,
De nous-mêmes souvent empruntent leurs défauts,
De vengeance jamais on ne doit faire usage,
Vous fîtes la coquette, il se rendit volage,
On s'observe, on résiste avant de se donner,
On ne résiste plus quand il faut pardonner.

ERNEST.

Pourriez-vous me haïr ?

CIDALISE.

Osez-vous bien le croire.

ERNEST.

De notre différend j'ai perdu la mémoire.

MADAME MELVILLE.

De suite éloignons-nous, je vois monsieur Argant.

CIDALISE.

Rentrons.

ERNEST.

Sans moi....

MADAME MELVILLE.

Sans vous.

CIDALISE.

Ernest est complaisant.

ERNEST.

Les heures loin de vous me semblent éternelles.

MADAME MELVILLE.

L'espoir vous restera , le Temps porte des ailes.

SCÈNE III.

ARGANT, FRIPPART, MAITRE SIMON.

MAITRE SIMON.

Ce monsieur de Valmer qu'on a dit être mort,
Fait entrer avant lui son vaisseau dans le port.

FRIPPART.

De cet homme, vraiment la vie est vagabonde,
Il a fait quatre fois presque le tour du monde.
A son dernier départ je travaillais pour lui,
Il me considérait, c'est de même aujourd'hui ,
Il récompense bien quand pour lui l'on s'occupe,
     Fixant Argant.
Tandis qu'il est des gens dont on est toujours dupe ;
Il a même voulu acheter un château ,
Il ne l'acheta pas et me fit un cadeau....

ARGANT.

Il est, mon cher Frippart, de votre connaissance,
Voulez-vous m'obliger dans cette circonstance ?
M'être utile au besoin ?

FRIPPART.

          Monsieur, pour vous servir.
Vos débiteurs, jamais....

MAITRE SIMON (bas, à part.)

         Ne t'auraient fait rougir.

ARGANT (réfléchissant).

Ce retour de Valmer pourrait m'être propice,
Sans frapper fort il faut que le coup retentisse.

MAITRE SIMON.

L'hideuse pauvreté ne lui fait pas les dents.

ARGANT (avec réflexion.)

Cette action ferait bien peur à nos enfants ;
Ma femme a résolu de marier sa fille
A l'étourdi qui vient augmenter ma famille.
J'ai crié, supplié, mais son entêtement
S'applique chaque jour à faire mon tourment ;
Vainqueur comme vaincu je n'obtiens point de trève,
J'ai même menacé, ceci n'est point un rêve,
De quitter ma maison ; d'ailleurs, pour en finir,
Ma terre à ce Valmer semblerait convenir.
Pour rompre aujourd'hui même un hymen que j'abhorre,
Avec un fond de rente on est plus riche encore.
Enfin, mon cher Frippart, sans me risquer à lui,
Veuillez lui proposer cette affaire aujourd'hui.

FRIPPART.

Vous allez contre vous attirer un orage.

MAITRE SIMON.

De vendre ce château serait ma foi dommage.

ARGANT.

D'abord madame Argant doit mourir avant moi,
Sans frustrer nos enfants je ferai mieux la loi ;
De ne les jamais voir si je prenais l'envie,
J'aurais moins à souffrir de leur tracasserie.

3

FRIPPART.

Sans être absolument aujourd'hui résolu,
L'époux doit se montrer quelquefois absolu.

ARGANT.

Il vous sera compté, j'en fais le sacrifice,
Les épingles des prêts, pour premier bénéfice,
Vous serez de mes fonds le prudent détenteur,
Pour les placer, sans bruit, en billets au porteur.

(Frippart sort).

SCÈNE IV.

ARGANT, MAITRE SIMON.

ARGANT.

Maître Simon, ce soir, que ton savoir s'apprête
A donner à ma femme une petite fête ;
Le temps passe à causer, on ne s'aperçoit pas
Qu'on vend sa conscience à la fin du repas....

MAITRE SIMON.

C'est bien, pour nos amis que la nappe soit mise,
Mais un flatteur obscur chez vous s'impatronise.
En trompant on se laisse attraper quelquefois,
En un jour c'est manger le revenu d'un mois.
Voler, prendre ou gagner vous fait prendre à l'amorce,
Pendant qu'un serviteur se consume sans force ;
J'attendais mieux, Monsieur, de votre bonne foi.

ARGANT.

Mais n'es-tu pas le maître au logis après moi ?

MAITRE SIMON.

Je n'en retire rien, seulement voici comme
J'ai besoin pour demain d'une petite somme ;
D'ailleurs vous me devez.

ARGANT.

N'entends-tu rien venir?

MAITRE SIMON (de mauvaise humeur).

C'est ce marin qui vient pour vous entretenir.

SCÈNE V.

ARGANT, VALMER , MAITRE SIMON.

VALMER.

Perdu dans les détours de cette vaste enceinte,
Paris, pour l'étranger, est un vrai labyrinthe.
Messieurs, connaissez-vous la maison d'un docteur,
Nommé monsieur Argant, d'assez bizarre humeur ?

ARGANT.

Ignorez-vous, Monsieur, que souvent on déchire
Celui devant-lequel on n'oserait médire.
Bas, à Simon.
Il a cru me parler

MAITRE SIMON (bas, à Argant).

Comme à ses matelots ;
C'est qu'il a contre vous entendu des propos.

VALMER.

Si cette impolitesse a lieu de vous surprendre,
Assez haut j'ai parlé pour me faire comprendre ;
Mais trève de propos, j'arrive dans ces lieux,
Pour soulever le coin d'un voile officieux :
Un effet fut payé d'après votre demande,
Cette action annonce une ame vraiment grande ;
Apprenez-moi le nom de cet individu,
Un procédé si beau n'est pas d'un inconnu.

ARGANT.

Une forme d'huissier à mes yeux se présente,
De me payer si vite il surprit mon attente ;
Si vous avez besoin d'autres renseignements,
Il faut, pour en avoir, consulter d'autres gens ;
Le notaire Frippart doit connaître cet homme,
Qui, sans dire son nom, m'a payé cette somme ;
Avec moins de lenteur, sans vous trop arrêter,
Pour mieux vous en instruire allez le consulter....

(Valmer se retire).

SCÈNE VI.

ARGANT, MAITRE SIMON.

ARGANT.

De cet individu tu m'as fait un notaire,
La vertu d'une femme au fond est si légère,
De ce remboursement Valmer n'est pas l'auteur ;
C'est à n'en pas douter un autre adorateur
Qui veut à la beauté se montrer secourable.

MAITRE SIMON (bas, à part).

Mais l'enfer contre lui se montre inexorable.
Haut.
Votre épouse s'approche, et son fils suit ses pas.

(Il s'enfuit).

SCÈNE VII.

ARGANT, Mme ARGANT, FLORVILLE, MER-
LANDIN.

MADAME ARGANT (à son mari qui veut se retirer).

Restez, Monsieur, restez, vous n'embarrassez pas.

ARGANT (bas, à Merlandin).

Enfin, tu vas me dire, ou sans quoi je t'assomme.

MERLANDIN (bas, à Argant).

Se sècherait plutôt

ARGANT (bas, à Merlandin),

La main d'un honnête homme.
Rien ne vaut moins que toi.

MERLANDIN (bas, à Argant).

Vous êtes mon égal.

ARGANT.

Insolent !

FLORVILLE (bas, à sa mère).

Je crains plus Argant que mon rival.

MADAME ARGANT.

Rassure-toi, mon fils, un repentir sincère,
Suffit pour appaiser le courroux d'une mère.

FLORVILLE (bas, à sa mère).

Sa beauté m'a séduit bien moins que sa vertu.

MADAME ARGANT.

Dans ses yeux carressants son amour t'a vaincu.

ARGANT (bas, à Merlandin).

De me tromper encor dans l'erreur tu te plonges,
Tes paroles....

MERLANDIN (bas, à Argant).

Après ?

ARGANT (bas, à Merlandin).

Sont autant de mensonges.

MERLANDIN (bas, à part).

Pour secourir mon maître il faut tout hasarder.
Haut, à madame Argant.
Madame....

MADAME ARGANT.

Que veux-tu ?

ARGANT (bas, à Merlandin).

Veux-tu te décider ?

MERLANDIN (avec précipitation).

Un grand dîner chez vous aujourd'hui se prépare,
Argant lui fait signe de ne pas parler.
Le cuisinier m'envoie, et cet homme est bizarre,
Il prétend vous prouver qu'un nombre de six plats
Ne régale pas bien huit à dix estomacs ;
Il veut un supplément.... suivant un vieil adage,
Ce qui charme les yeux fait manger davantage.

MADAME ARGANT.

As-tu perdu l'esprit, un grand dîner chez moi.....

MERLANDIN.

Monsieur l'a commandé.

MADAME ARGANT (à son mari).

Me direz-vous pourquoi ?
Au fond, c'est décidé, vous tombez dans l'enfance.

ARGANT.

D'ennuis vous remplissez ma trop longue existence.

MADAME ARGANT.

Vous pouvez à loisir implorer le trépas,
Mais l'herbe sous mon pied ne se coupera pas.

ARGANT.

C'est se fâcher d'un rien.

MADAME ARGANT.

Avant que je l'ordonne,
Chez moi, sans mon véto, ne s'invite personne.

ARGANT.

Sans façon je voulais traiter quelqués amis.

MADAME ARGANT.

Sans mes ordres donnés rien chez moi n'est permis,
Mon pouvoir vous déplaît, pensez-vous le détruire,
Croyez-vous qu'à me taire on pourrait me réduire ;
Quand je devrais dix fois en mourir de dépit,
Jamais à ma fureur je ne donne un répit....

ARGANT.

Oubliez un instant ce qui fait votre offense,
D'un peu de liberté laissez-moi l'espérance.

MADAME ARGANT.

Ces beaux raisonnements ne conduisent à rien,
Avec plus de prudence on conserve son bien.

SCÈNE VIII.

ARGANT, MADAME ARGANT, FLORVILLE, MER-
LANDIN, UN VALET D'ELMIRE.

LE VALET D'ELMIRE.

Monsieur je vous remets.....

MADAME ARGANT (prenant la lettre).

C'est un valet d'Elmire,
Vos yeux sont affaiblis, je m'en vais vous la lire.

ARGANT.

Bobonne, permettez, son contenu n'est rien,
C'est le premier rapport d'un jeune chirurgien,

MADAME ARGANT.

Du chirurgien d'Elmire....

Elle lit haut :

« Mon cher monsieur Argant, la somme de six mille
» francs que vous m'avez demandée, sera mise à votre
» disposition si vous venez ce soir accompagné de l'ai-
» mable Florville.

　　　　　　　　　　　　　　　　» ELMIRE. »

　　　　　　　　　　　　Une autre fourberie,
De plaire à cette belle aurait-tu pris l'envie?
Avant de partager un si doux sentiment,
Tu veux, je le présume, un avertissement :
D'abord tu dois savoir que cette femme hardie
Avec vous j'en conviens autrefois fut jolie,
Mais ses charmes trompeurs pour être aussi fleuris,
Sont sortis des premiers magasins de Paris....
A son triste passé si l'amour te ramène,
Vingt amants l'ont quittée ennuyés de sa chaîne.

FLORVILLE (à Argant).

Voilà trois fois au moins qu'assez mal conseillé,
Sans trop savoir pourquoi vous m'en avez parlé.

MADAME ARGANT.

De l'attirer chez moi perdez toute espérance,
Sur ce dernier chapitre imposez-vous silence,
Et ma porte fermée à clé comme à verroux,
Pourrait peut-être encor se fermer contre vous.

ARGANT.

Chez vous le baromètre est toujours à l'orage.

MADAME ARGANT.

Chaque jour il m'apprend à souffrir davantage ;
Je suis bien résolue à ne plus vous parler.

ARGANT (bas, à part).

Ce projet ne pourra jamais me désoler.

MADAME ARGANT (faisant mine de pleurer).

A votre esprit bizarre on ne peut rien comprendre,
Vous répondez *ad rem* ou cessez de m'entendre ;
C'est par trop abuser de ma grande douceur....
Vous ne craignez jamais d'irriter mon humeur,
Un autre aurait du moins pitié de ma misère.

ARGANT.

De vous chérir, Bobonne, il m'est si nécessaire.

MADAME ARGANT (bas, à part).

Je le tiens.

ARGANT (à part).

Ça va bien.

MADAME ARGANT (bas, à Florville).

Il respecte mes droits.

FLORVILLE (bas, à sa mère).

Le fil, du manequin, saute au bout de vos doigts.

ARGANT.

D'Ernest seulement les trop jeunes années,
M'ont fait trop craindre....

MADAME ARGANT (aigrement).

Quoi ?

ARGANT.

D'unir leurs destinées ;
Ce qui vous fait plaisir doit aussi me flatter,
Ce soir nos deux amis pourront vous l'attester.
Bas, à part.
L'ordre du ciel n'est pas qu'une femme se taise.

MADAME ARGANT.

A dîner nous pourrons en parler à notre aise.

ARGANT.

J'y consens volontiers.

MADAME ARGANT (de mauvaise humeur).

Que vous veut ce valet ?

ARGANT (bas, à part).

Ce léger apposême a produit son effet.

SCÈNE IX.

ARGANT, Mme ARGANT, FLORVILLE, MAITRE SIMON, MERLANDIN.

MAÎTRE SIMON.

Deux médecins, Monsieur, et deux apothicaires
Veulent vous consulter sur certaines matières,
Ils paraissent pressés et veulent à l'instant
Sur l'emploi d'un remède avoir votre agrément.

ARGANT.

Allons les recevoir.

MADAME ARGANT (bas, à son fils).

Sans tarder davantage,
De mes droits reconquis faisons meilleur usage.

ARGANT (bas, à part).

Mon dîner aura lieu sans signer le contrat.

MERLANDIN (bas, à part).

Il sera bien, avant, livré plus d'un combat.

FIN DU TROISIÈME ACTE.

ACTE QUATRIÈME.

SCÈNE I.

FLORVILLE, MERLANDIN.

MERLANDIN.

Cette heureuse rumeur que le ciel a fait naître
Est venue à propos désoler ce vieux traître ;
Un espoir dangereux vous a fait révéler
Un projet qu'il était important de céler.

FLORVILLE.

Ma sœur parle pour moi.

MERLANDIN.

                Secondez mieux son zèle,
En déclaration passez-vous de tutelle,
Demain chez votre veuve allez vous présenter.

FLORVILLE.

N'est-ce pas la contraindre enfin à m'écouter.

MERLANDIN.

La fortune vous sert avec magnificence.
                           (Il sort).

SCÈNE II.

Mme MELVILLE, FLORVILLE, CIDALISE.

CIDALISE.

Jusqu'au dernier soupir nous reste l'espérance,
Ce langage affecté ne trompe pas mon cœur,
Aujourd'hui laissez-moi vous appeler ma sœur.

FLORVILLE.

D'un sentiment plus vrai ma sœur est l'interprète,
M'en voulez-vous d'avoir acquitté votre dette ?
Hélas ! je le pressens et je lis dans vos yeux
Que vous ne craignez pas de faire un malheureux.

CIDALISE.

D'un accueil aussi froid, moi-même je m'étonne,
Enfin, si votre cœur ne parle pour personne
Pourquoi refusez-vous d'écouter son amour ?

MADAME MELVILLE.

Mais cet amour je l'ai trop payé de retour,
En condamnant son cœur on l'écoute sans cesse,
L'amour nous aide encore à trahir sa faiblesse.

FLORVILLE.

Partagez le bonheur d'un sort indépendant.

MADAME MELVILLE.

Égaré par l'amour un jour on s'en repent.
D'un hymen malheureux la peine se partage,
A souffrir en silence on n'a pas le courage ;
L'ambition finit un jour par s'éveiller,
On abandonne un monde où rien ne fait briller.
D'ailleurs vous dépendez d'une mère inflexible.

FLORVILLE.

Aux larmes de son fils elle a paru sensible.

MADAME MELVILLE.

Un temps vient qui nous fait reconnaître une erreur,
On s'accuse trop tard d'avoir fait son malheur.

CIDALISE

Sans prévoir d'aussi loin les malheurs de la vie,
De ne jamais aimer vous donneriez l'envie

MADAME MELVILLE.

Malgré ce que le sort me prépare demain,
Florville aura mon cœur, Valmer aura ma main.

SCÈNE III.

VALMER, FLORVILLE, Mme MELVILLE,
CIDALISE.

VALMER (bas, à part).

Je veux du vieux Argant connaître la famille,
Dont le fils est aimé beaucoup plus que la fille.

MADAME MELVILLE.

J'ose vous présenter de sincères amis,
De les aimer toujours me sera-t-il permis?

VALMER.

Comment! de les aimer, ce reproche me touche,
Vos amis sont les miens, suis-je donc si farouche.

FLORVILLE.

Si vous voulez, Monsieur, accepter mes avis,
Je me sers des meilleurs ouvriers de Paris.

MADAME MELVILLE.

Nous irons avec vous.

VALMER.

J'accepte vos services.

CIDALISE.

De la mode du jour on subit les caprices.

MADAME MELVILLE.

Nous pourrons observer si votre ameublement
Donne le confortable à votre appartement.

FLORVILLE (bas, à Mme Melville).

Vous nous quittez déjà ?

VALMER (bas, à part).

Son amour se devine,
De vivre séparé la peur le prédomine.

MADAME MELVILLE.

Le temps est magnifique, allons nous promener.

CIDALISE (bas, à son frère).

Donnez-lui votre bras.

A Valmer.

Il faut s'environner,
A Paris plus qu'ailleurs de beaucoup de prudence.

VALMER.

Je le crois.

CIDALISE.

Promptement votre argent se dépense.

MADAME MELVILLE.

Cependant comme ailleurs on rencontre l'ennui.

CIDALISE (bas, à Mme Melville).

Causez en liberté, je m'occupe de lui.

A Valmer.

Madame de Melville est ma meilleure amie.

VALMER (bas, à part).

L'amitié veut enfin que je me sacrifie.

MADAME MELVILLE.

Nous vous suivons, Valmer.

FLORVILLE.

En amis obligeants.

CIDALISE (à Valmer, qui lui donne le bras).

Les arts font, chaque jour, des progrès surprenants.

(Ils sortent d'un côté, pendant qu'Argant et maître Simon
entrent de l'autre).

SCÈNE IV.

ARGANT, MAITRE SIMON.

ARGANT.

Ce que je viens de voir ne m'est pas favorable,
Ce que tu m'as appris deviendra véritable ;
Sans mentir, cet amour ne t'épouvante pas,
De la foudre pour moi je crains moins les éclats.

MAITRE SIMON.

Le damoiseau veut plaire à madame Melville,
Cette veuve souvent parle bas à Florville ;
Quand les cartes le soir occupent les mamans,
Ils s'amusent ensemble à des jeux innocents.
Chaque soir à peu près c'est le même manége,
Pris par un traquenard on veut briser le piége.
Vous ne savez pas tout : Florville en indiscret
A sa mère est venu confier son secret ;
Mon oreille collée au trou de la serrure,
Ne perdit pas un mot du fond de l'aventure ;
On ne s'amuse pas impunément de moi.

ARGANT.

Pour voiler cette intrigue ils ont trahi ma foi ;
De ce recouvrement je pénètre l'histoire,
Florville en est l'auteur.

MAITRE SIMON.

C'est bien facile à croire.

ARGANT.

A présent je conçois le but de ses desseins.

MAITRE SIMON.

Vous marchez d'un pas sûr dans de mauvais chemins.

ARGANT.

A la porte il te faut rester en sentinelle,
D'un rien ne pas me faire une fausse nouvelle.

MAITRE SIMON.

Quand l'ingrate fortune a trahi notre espoir
On ne doit pas s'attendre à des coups d'encensoir,
A trop d'abaissement vous voulez me réduire,
Il n'est pas sans argent facile de séduire ;
Vous promettez beaucoup, mais ne donnez jamais,
J'ai du dernier exploit soldé presque les frais.
Les huissiers pour marcher viendront me chercher noise,
Ils disent que déjà j'ai la mine sournoise.
Sans de mes déboursés augmenter les dépens,
Vous me devez, Monsieur, trois cent soixante francs.

ARGANT (cherchant dans sa poche, Simon tend la main).

Je connais cette dette, il faut que je l'acquitte,
Mais depuis quelque temps la fortune m'évite ;
J'ai demandé pour toi, ne le refuse pas,
Un emploi qui ne peut te donner d'embarras.
A l'octroi de l'Enfer on t'offre du service,
Ton amitié pour moi te vaut ce bénéfice ;
Le poste est honorable, et les émoluments,
Après les déboursés passent douze cents francs...

4

MAITRE SIMON,

De me le faire avoir me donnez-vous parole?

ARGANT.

Ma parole, Simon, vaut une parabole.

MAITRE SIMON.

Quelquefois on promet sans beaucoup d'embarras
Pour plaire à ses amis un crédit qu'on n'a pas.

ARGANT.

A ton seul intérêt je stimule ton zèle.

MAITRE SIMON.

Laissez le damoiseau courir après sa belle,
A force de venter s'écroule une maison.

ARGANT.

Que veux-tu retirer de cette fiction?

MAITRE SIMON.

Qu'à rompre vos projets votre femme s'applique,
Chacun à votre barbe hardiment vous critique;
On s'amuse de vous, le moins méchant, je crois,
Prétend que Lucifer vous promulgue les lois.
Votre fille, voyez, crainte d'une entrevue,
Voudrait bien, pour rentrer, n'être pas aperçue.

(Il sort lorsque Cidalise entre).

SCÈNE V.

ARGANT, CIDALISE.

ARGANT.

Cidalise, halte-là, que veux dire ceci?
Pour m'écouter, d'abord tu resteras ici.

Jadis un bon bourgeois, maître de sa famille,
Disposait à son gré de la main de sa fille ;
A présent c'est au père aujourd'hui de céder,
A suivre cette mode il faut se décider.
Mais dis à ton mignon qu'un refus nécessaire
Te force à contre-cœur d'obéir à ton père ;
Eloigne son espoir, plaint cet ajournement,
De moi tu peux encor médire impunément.

CIDALISE.

Pouvez-vous exiger que celui qui m'adore
Apprenne de ma bouche un refus que j'abhorre ;
Oublier un amour dont il est si jaloux,
C'est porter à son cœur le plus rude des coups ;
Sa générosité, sans blesser Cidalise,
Lui fait compter pour rien une dot qu'il méprise.

ARGANT.

Pourquoi ne pas te rendre à de bonnes raisons,
Pour bien juger d'un homme attends ses actions.

CIDALISE.

De lui le cœur vaut mieux,

ARGANT.

Tu connais peu les hommes,
Encor moins leurs défauts dans le temps où nous sommes ;
A se décomposer on applique ses soins,
C'est l'usage, on promet, mais on tient encor moins.
Les hommes ne sont pas ce qu'ils te semblent être,
Pour se détruire entre eux le ciel les a fait naître.

CIDALISE.

Les sentiments d'Ernest assurent mon bonheur.

ARGANT.

Crois–tu pousser à bout ma pétulante humeur?
Voudrais–tu de ta mère imiter l'arrogance?
A ton tour voudrais–tu me réduire au silence ;
J'en suis trop convaincu, je ne me trompe pas,
De timides enfants deviennent des ingrats.
Ces voraces vautours que l'Enfer vous envoie,
Vous aident à mourir avec beaucoup de joie.
Le ciel plus favorable en de moindres faveurs
Dans vos petits-enfants vous donnent des vengeurs.

CIDALISE.

De sentiments si bas me croyez–vous capable ?
Quels horribles soupçons.

ARGANT.

                    Soupçon bien excusable.
Quand la fortune vient nous offrir les honneurs,
Elle fait pardonner de plus tristes erreurs ;
Que de gens sont vêtus des vêtements des autres.

CIDALISE.

De pareils sentiments ne seront pas les nôtres.
Mon frère a des vertus.

ARGANT.

                    Pour se faire estimer,
Jamais de la critique on ne se fait blâmer ;
D'ailleurs la politique à laquelle on se donne,
Ne fait aimer que soi sans estimer personne,
Pour te voir marier rien ne peut me fléchir.
        Bas, à part.
La police s'approche et vient pour me trahir.

        (Cidalise s'avance du côté des arrivants, pendant
            qu'Argant feint de ne pas les voir).

SCENE VI.

ARGANT, FLORVILLE, ERNEST, CIDALISE
MERLANDIN.

FLORVILLE (bas, à sa sœur).

Vous avez, avant nous, quittez la promenade.

CIDALISE (bas, à son frère).

Pour supporter, mon frère, une vive algarade.

ERNEST (bas, à Cidalise).

Aujourd'hui votre mère enfin veut en finir.

ARGANT (bas, à part).

Sans parler le premier il faut les voir venir.

CIDALISE (à Florville).

Le projet de Valmer se fait assez connaître.

MERLANDIN (bas, à part).

Ce soir, à deux genoux, nous verrons ce vieux traître.

ARGANT.

Cesserez-vous bientôt de causer entre vous,
Le peuple dit bien *moi*, mais le prince dit *nous*.
Chez moi ce qui m'entoure a pris trop de hardiesse,
La douceur à la fin devient une faiblesse.
Vous, monsieur l'officier, romantique épouseur,
Ne me regardez pas avec cet air moqueur.

Toi, monsieur Merlandin, affecte moins de zèle.
Pour toi, mine sucrée, aimable pastourelle,
Tu veux être damée, il te faut un mari,
Tes soupirs et tes yeux te restent, Dieu merci.
Je suis de ma maison le seigneur et le maître,
Rendez-moi plus heureux, vous finirez par l'être ;
Pourquoi n'être occupés qu'à noircir vos clameurs,
Du venin que l'enfer a jeté dans vos cœurs.

MERLANDIN.

Pour vous fâcher ainsi quelle mouche vous pique ?

ARGANT.

Aliboron, tais-toi, mauvais valet de pique,
Tu marches sur les pieds des plus honnêtes gens,
Ton esprit n'a pas même un gramme de bon sens.
    A Florville.
Quant à vous, mon beau-fils, vous ne vous gênez guère,
Mais je vous suis de l'œil bien plus que votre mère ;
Une veuve de rien a séduit votre cœur,
Du sort qui la poursuit devenez le sauveur.
Brisons là ; seulement n'ayez pas l'imprudence
De prendre pour banquier monsieur de l'Indigence.

FLORVILLE (à part).

Je ne répondrai rien.

ARGANT.

C'est le sort des combats,
Qui croit être vainqueur se voit jeté bien bas.

MERLANDIN.

Nous sommes les vaincus.

ARGANT.

O langue de vipère,
Dans tout ce que tu dis je reconnais ta mère.

FLORVILLE.

Le repos de la vie assure le bonheur.

ARGANT.

On se fait moins petit et plus solliciteur :
Il existe à Paris de vieilles protectrices,
Qui pour un rouleau d'or vous vendent leurs services ;
Chaque jour à l'affût des places à donner,
Le plus mauvais accueil ne peut les étonner,
Du palais de la Bourse à la Trésorerie,
Ce sont les lévriers d'une obscure industrie

FLORVILLE.

De cette gente impure, ignoré, Dieu merci.

ARGANT.

D'abord vous avez tort de les traiter ainsi.
Bas, à part.
O basilic ardent !

SCÈNE VII.

ARGANT, Mme ARGANT, FLORVILLE, CIDALISE,
ERNEST, MERLANDIN.

MADAME ARGANT.

Votre ami le notaire
Veut vous communiquer une importante affaire,
Dans votre cabinet il vient de s'installer ;
C'est de Melcour, je crois, qu'il voudrait vous parler ;
Je le consulterai pendant cette visite,
Des clauses d'un contrat dont l'hymen est la suite.
A son mari, qui fait la grimace.
D'un plus savant que moi j'attends la vérité,
Je ne fais cependant que votre volonté.

(Ils sortent tous, excepté Florville).

SCÈNE VIII.

FLORVILLE.

Je veux attendre ici madame de Melville,
Son indécision me semble assez futile,
Vaine précaution d'une inutile erreur.
Mais la voici : je crains d'interroger son cœur.

SCÈNE IX.

FLORVILLE, Mme MELVILLE.

FLORVILLE,

Parlez, ne cachez rien.

MADAME MELVILLE.

Je n'ose vous le dire,
A ne jamais vous voir il voudrait me réduire.

FLORVILLE.

Qu'avez-vous répondu ?

MADAME MELVILLE,

Dans ce court entretien
Il m'offrit son amour, sa fortune et sa main ;
Valmer n'aperçoit pas que ma reconnaissance
M'a fait de l'amitié trahir la confiance ;
Que je cède au pouvoir d'un autre sentiment,
Que l'ami dans mon cœur a fait place à l'amant.

FLORVILLE.

N'aviez-vous pas promis de lui faire comprendre.

MADAME MELVILLE,

Je voulais lui parler d'un sentiment plus tendre,
N'ai-je pas refusé d'accepter ses bienfaits,
Je vous aime, espérez, ne m'oubliez jamais.

FLORVILLE.

C'est en vain m'opposer d'inutiles obstacles.

MADAME MELVILLE.

Le temps seul a le droit d'opérer des miracles.

SCÈNE X.

FLORVILLE, Mme MELVILLE, ERNEST, MAITRE
SIMON, MERLANDIN.

FLORVILLE.

Mais quel événement conduit ici vos pas ?

ERNEST.

D'un si fort démêlé nous ne sortirons pas.

MAITRE SIMON.

Il faut l'apprendre, enfin : la discorde ennemie
Chez vous, contre vos droits, s'est encore affermie,
Tout est dans le désordre, et la confusion
Se joint à la rumeur et trouble la maison.
Dans le salon, d'abord, pénétrant la première,
Votre mère aussitôt fit venir le notaire ;
A peine, sans s'asseoir, nous eût-il dit bonjour,
Qu'il offrit d'acheter la terre de Melcour....
Madame, après, parla d'un projet d'alliance,
Argant ferme les yeux et l'écoute en silence.
Avant de consentir à vendre ce château,
Elle veut une dot et de plus un cadeau ;
Votre mère exigeait d'être encore assurée
Qu'une somme assez ronde en serait retirée.
Mais avant de céder, comme il veut la tromper,
Il paraît des débats peu se préoccuper ;
Pour retarder l'affaire il parla politique ;
Frippart, d'abord trompé, chaudement lui réplique :

Il blâme les partis, change l'ordre des lois,
Le peuple triomphant découronne les rois.
Quand sur l'acte il fallut mettre sa signature,
Nous vîmes s'obscurcir son antique figure ;
Il dit à votre mère, après de mauvais mots,
Qu'elle ne s'occupait qu'à troubler son repos.
Aux accents éclatants de sa voix de tonnerre,
Madame, tout-à-coup s'inclina contre terre ;
Argant alors, plus fort de cet état piteux,
En la croyant sans voix devint plus furieux.
Mais la dame, à propos, entr'ouvrit sa prunelle,
Et reprit assez vite une force nouvelle.
Comme il avait tremblé d'un plus triste malheur,
Adroitement il prit les choses en douceur ;
A sa femme il montra la plus vive tendresse,
Même eut l'air d'éprouver une heureuse allégresse,
De suite il lui promit de n'employer jamais
Que l'amitié qui fait mériter les bienfaits ;
Ce mode est déjà vieux, mais enfin la syncope,
Peut émouvoir encor le cœur d'un misanthrope.

MERLANDIN.

Cette feinte amitié cache une trahison,
Pour tromper ma jeunesse il n'est pas mon patron.

ERNEST.

Il promet d'approuver les projets de sa femme.

MERLANDIN.

En lui serrant la main il ourdissait sa trame ;
Plus il paraît patient, moins il faut oublier
Qu'il sait, pour se venger, à propos s'humilier.

FLORVILLE.

Merlandin a raison, et notre indifférence
Lui ferait de nouveau tromper notre espérance ;
Chez lui toujours l'esprit a gouverné le cœur.

MAITRE SIMON.

Allons de la dispute augmenter la rumeur.

FIN DU QUATRIÈME ACTE.

CINQUIÈME ACTE.

SCÈNE I.

VALMER, Mme MELVILLE.

VALMER.

Cet Argant me paraît d'une écorce bien rude.

MADAME MELVILLE.

Argant, de se venger, conserve l'habitude.

VALMER.

La terre est bien située, et s'appelle Melcour,
Assez près de Paris, d'un commode séjour....

MADAME MELVILLE.

A désoler les siens Argant est intrépide.

VALMER.

Il fut à votre égard.....

MADAME MELVILLE.

    Insensible et perfide.
Vous connaissez son fils, cet homme généreux
Fut l'auteur d'un bienfait.

VALMER (bas, à part).

    Voilà notre amoureux.
Haut.
Instruit à votre insu d'un destin aussi sombre...

MADAME MELVILLE.

Vertueux il voulut se dérober dans l'ombre.

VALMER.

Plein de délicatesse, et pour vous ménager....

MADAME MELVILLE.

Ce service parut venir d'un étranger.
Ne soyez pas l'appui d'un homme aussi terrible.

VALMER.

Tout cela me paraît fort incompréhensible.

MADAME MELVILLE.

Voici le fait : Argant est contraint aujourd'hui
D'approuver un hymen qui ne déplaît qu'à lui ;
Des vertus de la sœur le frère est bien l'émule,
De se plaindre jamais ils se font un scrupule ;
Protégez-les, Valmer, de votre humanité,
Ce dernier sentiment est seul de mon côté.

VALMER.

Le destin contre moi se montre assez sévère,
Mon espoir n'était pas d'être aimé comme un frère.

MADAME MELVILLE.

Valmer, expliquez-vous.

VALMER.

     Loin de vous attrister,
Si l'amour m'abandonne il faut m'exécuter ;
De vos jeunes amis dites-moi les alarmes,
La vertu malheureuse intéresse les femmes.
Ce billet par Florville hier fut endossé,
L'amour comme l'honneur marchent d'un pas pressé.
Du château de Melcour venez signer la vente,
Il faut bien chez Frippart que vous soyez présente ;
Vous connaîtrez mon plan, accompagnez mes pas.

MADAME MELVILLE.

Je n'ose vous le dire, et ne vous comprends pas.

(Ils sortent).

SCÈNE II.

ARGANT, FRIPPART, MAITRE SIMON.

ARGANT.

Fût condamné du ciel le premier imbécile
Dont l'esprit fourvoyé se montra si facile ;
Mariage funeste, horrible amusement,
On ne l'accepte pas sans femme et sans enfant.

FRIPPART.

Sans vous envelopper d'un si profond mystère,
Mariez Cidalise et vendez votre terre ;
Vous acceptez d'abord, vous refusez plus tard,
Cette façon d'agir dépend trop du hasard.

ARGANT.

De signer cette vente à bon droit je m'alarme.

FRIPPART.

A force de bienfaits on fait taire une femme ;
Parlez ouvertement, il ne marchande pas,
Le bénéfice est clair et doit presser vos pas ;
D'ailleurs il veut payer en sonnante monnaie.

ARGANT.

Hélas ! n'achevez pas, point à tort je m'effraie,
Ma femme va crier..

FRIPPART.

Criez encor plus fort.

ARGANT.

Elle peut me quitter.

FRIPPART.

Allons, elle aurait tort.

ARGANT.

Je voudrais...

FRIPPART.

Beaucoup d'or.

ARGANT.

Beaucoup d'or me décide.
D'ailleurs ne sert à rien une vertu timide ;
J'honore le pouvoir, je respecte la loi,
Je n'aime rien au fond, je ne vis que pour moi.

MAITRE SIMON.

Monsieur, parlez plus bas, les murs ont des oreilles.

ARGANT.

Les secrets de la vie ont bien d'autres merveilles,
Sans retard je lui vends cet immeuble aujourd'hui.

FRIPPART.

Un délai de trois jours est demandé par lui.

MAITRE SIMON.

Monsieur, oubliez-vous ; c'était en ma présence,
Qu'il osa vous parler avec impertinence.

ARGANT.

Quand l'intérêt commande à notre volonté...

FRIPPART (bas, à Simon).

On devient sans conteste humble à la vérité.

ARGANT.

Ce que l'on dit de moi ne m'intéresse guère,
Obtenez seulement un bon prix de ma terre.

(Frippart s'éloigne).

SCÈNE III.

ARGANT, MAITRE SIMON.

ARGANT.

Ma femme, chaque jour, tyrannise mon cœur,
Ses enfants semblent faire un jeu de mon malheur ;
Ils veulent me forcer à leur signer un acte
Qui donne un double nombre aux élus de ma caste.
Madame Argant connaît les amours de son fils,
Et lui donne à propos contre moi des avis ;
Ce fils impertinent, à joyeuse grimace,
Se couvre devant moi, prend la meilleure place ;
Mais il pêche à l'eau clair, m'appliquant cette loi :
« Je ne veux rien laisser à manger après moi. »

MAITRE SIMON.

Si cette vérité pour le moment vous touche,
Pourquoi n'avoir toujours que l'injure à la bouche,
Contre vos serviteurs ou contre vos enfants,
Contre vous c'est donner gain de cause aux méchants.

ARGANT.

Débride moins ta langue, un homme de ma sorte
Ne doit pas l'écouter sans te fermer sa porte.
Soutiens madame Argant, vas essuyer ses pleurs,
Débite tes sermons, chante-lui les noirceurs ;
Vas trouver tes pareils, vil ramas de la ville,
Ne viens plus enflammer le plus noir de ma bile.
Sans mes soins généreux, ton habit rapiécé
Serait depuis dix ans sur ton dos dispersé.

SCÈNE IV.

Mme ARGANT, CIDALISE, FLORVILLE, ERNEST, MAITRE SIMON, MERLANDIN.

FLORVILLE.

Argant semble nous fuir, sa fureur est extrême.

MERLANDIN.

On le verrait cent fois que c'est toujours de même.

MADAME ARGANT (à Simon).

Tu parais affligé ?

MAITRE SIMON.

Ce n'est pas sans raison,
Je suis décidément chassé de la maison ;
J'avais de lui complaire approfondi l'étude,
J'ai, pendant un instant, perdu cette habitude.

MADAME ARGANT.

Argant t'aurait chassé...

MAITRE SIMON (feignant de pleurer).

J'ai blâmé ses projets,
Plus maladroitement j'ai pris vos intérêts.
Il court vendre son bien.

MADAME ARGANT.

Que viens-tu nous apprendre.

5

ERNEST.

Sans pleurer parle vite on pourra te comprendre.

FLORVILLE.

Tu rêves ou tu dors.

MAITRE SIMON.

Oui, sans nécessité
On ne devrait jamais dire la vérité ;
Comme de sa maison il n'est plus le prophète,
La vente est résolue et sera bientôt faite ;
Frippart a tout conduit.

MADAME ARGANT.

Il s'amusait de moi,
Contre les aliénés nous avons une loi.

MERLANDIN.

Primo : comme d'humeur sa cervelle est remplie ;
Secundo : son esprit est atteint de folie.

MADAME ARGANT.

De moi, depuis hier, il n'a déjà plus peur,
M'échappe chaque jour cette farouche humeur ;
Sans doute tu connais le nom de la personne,
Parle sans défiance, enfin je te l'ordonne.

MAITRE SIMON.

Ce monsieur de Valmer, riche comme un Crésus,
A fait ouvrir les yeux à notre vieil Argus ;

Ce marin, suivant moi, malgré ses compliments,
Est habile à piller le bien des pauvres gens.

MADAME ARGANT (à son fils).

Tu cesseras d'aimer cette veuve estimable,
Qui pleure d'épouser ce marin méprisable,
Dont l'esprit égaré dans la duplicité,
Se couvre du bandeau de la simplicité.
On fait pour son malheur des liaisons scabreuses,
Qui d'un triste roman sont les suites honteuses.
Elle aurait dû, Florville, avertir son parent,
La franchise du cœur vaut bien le sentiment.

FLORVILLE.

Avant de la juger, montrez-vous moins sévère.

MADAME ARGANT.

Cette femme incomprise a l'esprit de te plaire.
Ah ! mon fils, je te plains, un homme est presque honteux
Quand il rougit son front d'un amour malheureux,
La voici, cette veuve, et son air de tristesse
Lui donne un grand savoir à cacher son adresse.

SCÈNE V.

Mme ARGANT, Mme MELVILLE, CIDALISE,
FLORVILLE, ERNEST, MAITRE SIMON,
MERLANDIN.

MADAME ARGANT.

Le quart-d'heure est venu d'imiter bien des gens,
Qui du malheur d'autrui font presque un passe-temps,

Ou pressés d'obliger ont encor pour maxime
Aux élus du bonheur de vendre leur estime.

MADAME MELVILLE.

Un langage aussi dur pourrait me désoler ;
Si Valmer ne m'avait défendu de parler,
Sans peine je pourrais prouver mon innocence :
Ici je viens, Madame, en toute confiance,
Si ma sincérité dissipe votre erreur,
De votre estime encor mériter la faveur.
Je sais que votre époux a mis sa terre en vente,
Qu'il nourrit le projet d'une haine violente ;
Mais Valmer qui le sait, en homme délicat,
A des moyens puissants contre ce père ingrat ;
Mon parent me délègue en cette circonstance
Pour vous faire assurer de son obéissance ;
Ne voulant rien finir que de l'aveu des deux,
Enfin, de cette affaire il vous parlera mieux.

MADAME ARGANT.

A l'amour de mon fils rendez-vous complaisante,
De le savoir heureux je suis impatiente ;
En allant chez Frippart vous pouvez m'obliger,
Ce complot qui n'est rien finit par m'affliger.
Venez, suivez mes pas, Argant tremble à ma vue,
Sa résignation vous est assez connue.

FLORVILLE.

Ne vous alarmez pas, l'aigrir ne vaudrait rien,
Argant, malgré vos droits, est maître de son bien.

MAITRE SIMON.

Je tiens ce bon conseil de défunt mon grand-père :
Que rien ne vient à bien d'un moment de colère.

MADAME ARGANT.

Il faut à deux genoux se poser humblement,
Même crier merci d'un honteux châtiment;
Ou bien le front couvert du joug de l'infamie,
Arriver terre-à-terre au terme de sa vie.

FLORVILLE.

Un peu de patience, et sans trop vous presser....

MADAME ARGANT.

D'un affront pourrais-tu ne jamais t'offenser ?

MADAME MELVILLE.

Dans cette affaire, enfin, n'agissez pas si vite,
A monsieur de Valmer laissez-en la conduite;
Je les entends venir, veuillez dissimuler.

FLORVILLE.

Attendez, laissez-leur le temps de vous parler.

MADAME ARGANT.

Mon cœur à l'amitié n'est pas inaccessible;
Mes enfants, que pour moi ce moment est pénible.

SCÈNE VI ET DERNIÈRE.

ARGANT, VALMER, FLORVILLE, ERNEST,
FRIPPART, Mme ARGANT, Mme MELVILLE,
CIDALISE, MAITRE SIMON, MERLANDIN.

VALMER (à Argant).

Ce moyen d'acquérir me convient beaucoup mieux,
Nous signerons après la visite des lieux.

ARGANT.

Vous le voulez ainsi.

VALMER.

Pas un instant d'avance.

ARGANT (bas , à Frippart).

Il faut bien approuver cette jurisprudence.
Que cet homme est causeur, il n'en finit jamais.

FRIPPART (bas, à Mme Argant).

Enfin, nous le tenons.

ARGANT (à sa femme).

M'amour, je vous cherchais.

Bas, à Frippart.

L'argent, toujours à point, appaise sa colère,
Quelques cris vont avant retarder cette affaire.

FLORVILLE (bas, à sa mère).

Argant veut vous parler.

MADAME MELVILLE (bas, à Mme Argant).

Faites le premier pas.

FLORVILLE (bas , à sa mère).

Attendez-le venir, et ne vous pressez pas.

MADAME ARGANT (à Mme Melville).

Je ne peux concentrer la fureur qui m'anime.

VALMER (bas, à Frippart).

Il est temps, sur l'autel, d'immoler la victime.
à Mme Argant.
Madame, recevez d'humbles civilités.

ARGANT (bas, à Valmer).

Ne parlez pas long-temps, les sens sont affectés.
Haut.
Ne pas se promener serait vraiment dommage,
Le boulevard, d'ailleurs, donne un si bel ombrage.

VALMER.

Presque en toute saison je crains l'humidité.

ARGANT (bas, à Frippart).

Serai-je bien payé?

FRIPPART.

Cette difficulté
Ne me trouble l'esprit que depuis un quart-d'heure.

ARGANT (bas, à Frippart).

Pour parler sur ce point venez en ma demeure.

MADAME ARGANT (à son mari).

Quel est cet étranger ?

ARGANT.

C'est un de mes amis.
Bas, à part.
Ah ! dans quel embarras mon étoile m'a mis.

Bas, à Frippart.

Il faut l'ôter de là.

FRIPPART (bas, à Argant).

Les marins sont tenaces,
Du pôle il vaudrait mieux faire fondre les glaces.

VALMER.

On faire rire son cœur et sourire ses yeux
Tandis qu'on est en proie au sort le moins heureux.
Il offre un parchemin à Mme Melville.
Cette donation veut une signature,
Sans la vôtre aujourd'hui rien ne peut se conclure.
Acceptez ce présent digne de vos vertus,
De mon premier projet nous ne parlerons plus.
Du château de Melcour soyez propriétaire,
Je reste votre ami, le bienfait est sincère.

MADAME ARGANT.

Mais Monsieur....

ARGANT.

Sans payer.

FRIPPART.

On peut le recevoir.

A Mme Argant.
Vous m'avez dit, Madame : Apportez-moi ce soir
Le contrat à signer de notre Cidalise.
Le voilà.
Donnant un contrat à Florville.
Vous, Monsieur, crainte d'une méprise,
Vous m'avez d'un contrat fait la rédaction.

ARGANT,

Si personne ne forme une opposition :
Croit-on me faire jouer ici la comédie.

MADAME ARGANT,

Aux projets des méchants l'amitié remédie ;
Pour vous faire connaître et pour me consoler,
De plus de vingt procès je veux vous désoler.
La séparation nous devient nécessaire.

ARGANT.

Vous m'avez dit vingt fois, sans en faire un mystère,
Que votre avis n'était que de vendre les bois ;
J'en ai vendu le fond, c'est vous servir je crois ;
Mais de vous il dépend de ne jamais rien vendre.

MADAME ARGANT (à Valmer).

Je commence un peu tard enfin à vous comprendre.

ARGANT (bas, à sa femme).

J'ai gagné cette dot, vingt mille francs écus
Sont d'un poids suffisant pour vaincre vos refus.

MADAME ARGANT.

Voilà l'unique espoir de vos sourdes manœuvres ?

MAITRE SIMON.

Le ciel paye ici-bas chacun selon ses œuvres.

VALMER.

Madame, protégez l'amour de ces amants.
Ils étaient vos amis, ils seront vos enfants.

MADAME ARGANT (à son mari).

Signez les deux contrats, vous me rendrez contente.

ARGANT.

Du château de Melcour approuvez-vous la vente ?

MADAME ARGANT.

Je vous vois humilié jusqu'à confusion.

VALMER.

Pour signer, il nous faut rentrer à la maison.

ERNEST.

Le dos de Merlandin servirait de pupitre.

ARGANT.

D'un mauvais garnement son front porte le titre.

MADAME ARGANT (à son mari).

D'un passé qui n'est plus, qui ne sonne pas bien,
Pour excuser le fond n'en disons jamais rien.
Assez d'autres sans nous déchiffrent un grimoire,
Qui ne demande pas qu'on ait de la mémoire.

FIN DU TYRAN TYRANNISÉ.

ERRATA DE L'ÉGOISTE.

Pag. 10, lig. 11, au lieu de : *jouir*, lisez joueur.

Pag. 11, lig. 13, au lieu de : *Il blâme seulement quelquefois la police*
          Lisez : Il blâme quelquefois hautement la police.

Pag. 17, lig. 20, au lieu de : *m'obéi*, lisez : m'obéit.

   Id. lig 21, au lieu de : *chéri*, lisez : chérit.

P. 49, l. 22, au lieu de : *Et plus méchant que lui le contraint à se taire.*
          Lisez : Ne lui cédez en rien dans l'espoir de lui plaire.

P. 59, l. 8 et 9, au lieu de : *C'est déjà bien assez de n'estimer que soi*
                    Sans faire à tout propos reparaître le moi.
          Lisez : D'amis point ne connaît, d'ennemis encore moins,
                    Inaperçu je passe au milieu des humains.

Pag. 61, lig. 9. au lieu de : *Sortie*, lisez : sortant.

ERRATA DU TYRAN TYRANNISÉ.

Pag. 18, lig. 10, au lieu de : *énorme*, lisez : léger.

Pag. 19, lig. 2, au lieu de : *Je suis*, lisez : J'ai suivi.

www.ingramcontent.com/pod-product-compliance
Lightning Source LLC
Chambersburg PA
CBHW051130260626
47170CB00005B/1744